おひさまへんにブルー

花形みつる

国土社

風の強い夜だった。風にあおられて裏《うら》の竹林がゆれていた。

春になるとね、さらさらさら、降《ふ》ってくるの。

母は、自分が育った家のことをほとんどしゃべらなかったけれど、ときどき、思い出したように、実家の裏庭の竹林のことを拓実《たくみ》に話して聞かせてくれた。

竹の林は青々としているのに、どこからともなく白茶色《しらちゃいろ》の細長い葉が、さらさらさら、降ってくるの。子どものときは、それが、とっても不思議だった。

さらさらさらさらさらさらさら。

はじめて祖母《そぼ》の家に泊《と》まった夜、寝《ね》つけないままに拓実は何度も母の声を再生《さいせい》していた。

1

玄関《げんかん》の姿見《すがたみ》の前で身体《からだ》をねじり、祖母《そぼ》が後ろ姿をチェックしている。

白い襦袢《じゅばん》の上に藍色《あいいろ》の薄物《うすもの》を重ね、鶯色《うぐいすいろ》の帯をきゅっとしめ上げている祖母は、歳《とし》のわりには背《せ》が高くて着物が似合《にあ》っているけれど、そんなことより、この暑いのによくあんなに何枚も着こめるものだと、拓実《たくみ》はそっちのほうに感心してしまう。

「それじゃあ、留守番《るすばん》たのんだわよ」

そう言いつけて、祖母はお茶の稽古《けいこ》に出かけていった。

平日の午前中、お茶やお花や習字の稽古、古典文学の講座《こうざ》などで、祖母は毎日のように外出する。

ほんのりと黄味がかった生成《きな》りの日傘《ひがさ》が垣根《かきね》の向こうに見えなくなったのを確《たし》かめる

と、拓実は家からもってきたリュックの底からゲームソフトとコントローラーをとり出した。

八月のはじめにここに来てからもうだいぶ日がたっていたが、拓実は祖母にまだ慣《な》れることができない。だいたい祖母とまともに会話をかわしたことがない。二人の間のやりとりは、祖母が言うことに拓実が「はい」とこたえる、それだけだ。

祖母の口から出てくるのはほとんど小言と叱責《しっせき》だった。厳格《げんかく》な祖母は、玄関の三和土《たたき》の靴《くつ》のそろえ方ひとつにもいちいち文句《もんく》をつけた。電気の消し忘《わす》れや水道の水の出しっぱなしから箸《はし》の使い方にもうるさかった。

食事のときに食べ物を落としたりすると「不調法」と大仰《おおぎょう》な言葉でなじられた。「これだから母親のしつけがなっていない子は」も祖母の得意のセリフで、そのたびに拓実の心はチクチクした。

母親って、自分の実の娘《むすめ》のことなのに。

拓実《たくみ》は物心ついたころからなんとなく、祖母《そぼ》と母の折り合いが悪いことを感じていた。うんと小さいころ、祖父の法事などでこの家に連れてこられたことはあったけれど、母はいつも用がすめばそそくさと帰り支度《じたく》をはじめた。瓦《かわら》の屋根のついた門のある大きな家で部屋はいくつもあったのに、泊《と》まった記憶《きおく》は一度もない。母の気もちがうつっていたのか、拓実も祖母にはなつかなかった。

その後、母が拓実の父親と離婚《りこん》してからは、一度もこの家に来ることはなかった。縁《えん》を切ったのか切られたのか、そのへんのことは拓実にはわからなかったけれど、離婚後、母は祖母のことをまったく口にしなくなっていた。

だから、この夏、何年ぶりかで実家を訪《おとず》れた娘《むすめ》と孫に、祖母はたいそうよそよそしかった。母と祖母の間には見えない穴《あな》が開いていて、そこにスースーと風が吹《ふ》きこんでいるようで、蒸《む》し暑い昼下がりだというのに、拓実は背中《せなか》がうすら寒かった。

祖母は拓実に対しても、お祖母《ばあ》さんが孫に見せるような親密《しんみつ》さは露《つゆ》ほども見せなかった。それどころか、夫が落ち着いたらなるべく早めに迎《むか》えに来ますから、と頭を下げる

母に向かって、

「せっかくひとりでのんびり暮《く》らしていたのに、めんどうなことを押《お》しつけて」とはっきり口にしたものだ。

以来、「めんどうなことを押しつけて」は祖母の口癖《くちぐせ》となった。

息子夫婦《ふうふ》がこの家を出てからずっとひとり暮らしをしていた祖母は、相手が孫だろうがなんだろうが、いまさらほかの人間と暮らすのがめんどうくさいのだろうということは、拓実にもなんとなく想像《そうぞう》できる。でも、ああもはっきり「めんどうなことを押しつけて」を連発されると、さすがにこたえた。

そんな祖母が、出かけるときだけは「留守番《るすばん》たのんだわよ」と言う。

夏の外出時、家を閉め切って出かければ、帰宅《きたく》したとき部屋にこもった熱は尋常《じんじょう》ではない。その暑さが耐《た》えがたかった祖母が無意識《むいしき》にもらす言葉だったが、拓実はうれしかった。

『留守番』は自分の役目だと思った。自分が祖母の役に立っていると思えることがひとつでもあるのはありがたかった。

もうここしか自分の居場所《いばしょ》はなかったからだ。

祖母《そぼ》の家は、台所以外の部屋はすべて畳敷《たたみじ》きの昔風の日本家屋で、すみずみまで掃除《そうじ》が行きとどいていた。几帳面《きちょうめん》な祖母は、この広い家をみがき上げるのが生きがいらしかった。

だから、部屋をちらかすのはもちろん、物の置き場所を変えただけでも祖母は腹《はら》を立てた。自分の縄張《なわば》りに自分以外の者の痕跡《こんせき》を発見して逆上《ぎゃくじょう》する、おばあさんは猫《ねこ》か、と思うほどだった。

拓実《たくみ》はこの家で、祖母の気にさわらないように息をひそめて暮《く》らしていたが、それでも、義理《ぎり》の父親におびえて暮らすよりもずっとマシだった。

祖母のいないこの時間は、拓実にとって息ぬきの時間だ。

坂の上にある祖母の家は風通しがいい。家中のガラス戸を開けはなっておけば、部屋から部屋へ風が通りぬけていく。

でも、今日は朝からそよとも風が吹《ふ》かない。

首筋《くびすじ》を汗《あせ》が伝う。コントローラーを操作《そうさ》する指がべとべとする。テレビのある居間は家の中ではいちばん涼《すず》しい場所のはずなのに、尻《しり》や脛《すね》に触《ふ》れる畳の感触《かんしょく》がぬるまったくて気もち悪い。

高度を上げた太陽の熱で、庭の垣根《かきね》の輪郭《りんかく》がはじっこから溶《と》け始めていた。

これからどんだけ暑くなるんだろう。

庭に面して縁側《えんがわ》があり、陽射《ひざ》しをさえぎるように庇《ひさし》が張りだし、襖《ふすま》をとり外せばすべてがオープンになる昔の日本の家は、夏の暑さをしのぐ造りになっている。昔はそれで十分しのげた、と祖母は言う。そんな祖母でも、居間と寝室《しんしつ》にエアコンをとりつけた。最近の夏の暑さには、エアコンなしではやっていられない。でも、そのリモコンのありかを拓実は知らなかった。祖母は就寝時《しゅうしんじ》しかエアコンの使用を許《ゆる》さず、リモコンをどこかにしまいこんでいるのだ。エアコンをつけてゲームをする、なんて場面を祖母が見たら卒倒《そっとう》することだろう。

そんなわけで、一日のうちで暑さがピークとなる昼下がりをどうやりすごすかが、拓《たく》実《み》にとって最大の悩《なや》みとなっていた。

今日も図書館に行くしかないな。

汗《あせ》ばむ手のひらをTシャツの裾《すそ》でぬぐいながらそんなことを考えていた拓実は、背中《せなか》で物音を聞いた。

首を回して縁側《えんがわ》に目をやると、サザンカの生垣《いけがき》の外に少年が立っていた。目が合うと、片方《かたほう》の口の端《はし》を上げて、へらりと笑う。拓実が黙《だま》っていると、その子は勝手に裏木戸《うらきど》を開けて庭に入ってきた。

小柄《こがら》で、やせている。襟《えり》ぐりののびたTシャツとカーゴパンツはブカブカだ。かわいい顔立ちに、ヨレてうす汚《ぎたな》い服がそぐわない。

「おまえ、ここんちの子か」

少年の巻《ま》き舌《じた》っぽいしゃべり方には世間ずれした感じがあった。

拓実は無言のままだった。

口がこわばって動かない。妙《みょう》に世慣《よな》れた感じのしゃべり方にあてられたせいもあるが、同じくらいの年代の子どもが拓実は怖《こわ》いのだ。

拓実が黙っているのをいいことに縁側から座敷《ざしき》に上がりこんだ少年は、相変わらずへらへら笑いながら、「やらせてくれ」と拓実の隣《となり》に座《すわ》った。

図々しいヤツだと思いながらも、なにか抗《あらが》いがたい雰囲気《ふんいき》にのまれ、拓実はコントローラーを渡《わた》してしまう。

拓実の隣に陣《じん》どった少年はコントローラーを器用にあやつって、アクションゲームをサクサクと進めていく。少年の体温で部屋の温度が上がっている。少年からは汗のしみこんだ古い麦わら帽子《ぼうし》みたいな匂《にお》いがする。

尻《しり》がもぞもぞして落ち着かない。腕《うで》が触《ふ》れそうなほど近くで誰《だれ》かがゲームをしている、そんな場面に拓実は慣れていないのだ。

いや、でも、うんと小さいとき、こんなふうなことがあったような気がする。小学校に上がるか上がらないかってくらいのころ、誰《だれ》かの隣《となり》でこんなふうにモニターを眺《なが》めていたことがあったような……。あの子は誰だったんだろ。名前は忘《わす》れちゃったけど、ボクはただその子の隣でモニターを眺めているだけで、楽しかった。

拓実《たくみ》は目だけを動かして少年を見た。チューリップかなにかの茎《くき》みたいに細い首に丸い骨《ほね》が浮《う》き出ていた。

カラカラ。玄関《げんかん》の引き戸が開いた音に、少年の体がピクリと反応《はんのう》した。

「おばあさんが帰ってきた」

拓実が腰《こし》を浮かすと、少年は音もなく立ち上がった。

「じゃあな」

座敷《ざしき》を横切り、縁側《えんがわ》をまたぎ、草むらに身をひそめるトカゲのような素早《すばや》さで、少年は裏木戸《うらきど》から出ていった。

その後、少年は夏休みが終わるまでの間に二度ほど、祖母《そぼ》の留守中《るすちゅう》にやってきて、ゲームをしていった。

会話にもならないようなやりとりで、少年は坂の下に住んでいて、名字はオイカワ、九月から拓実が通うことになっている小学校の六年生だということがわかった。

2

夏休み明けの九月一日《ついたち》、拓実《たくみ》は学校に行かなかった。それからもずっと登校していない。

別になにがあったというわけではない。転入生として黒板の前に立ち、担任《たんにん》から紹介《しょうかい》されている自分を想像《そうぞう》すると息が苦しくなる。クラス中の視線《しせん》が集中することを想像しただけで気もちが悪くなるのだ。

みんなが自分に注目している。どんなヤツなのか探《さぐ》っている。少しでもおどおどしたら、怖《こわ》がっていることがバレてしまう。ゆったりと教室の中を見まわして、落ち着いてしゃべらなくちゃ。自然にさりげなくふるまわなくちゃ。なのに、手足がカラクリ人形のようなぎごちない動きになってしまう。口が乾《かわ》いて舌《した》が上顎《うわあご》に張《は》りついてしまう。

こんなんじゃバレてしまう。

どこへ行っても目をつけられた。暴力《ぼうりょく》はいつもピンポイントで拓実を狙《ねら》った。

狙われるのはいつもボクだった。どんなに気をつけていても嗅《か》ぎあてられてしまう。

ボクにはそういう連中をひきつけてしまう臭《にお》いがあるんだ。


前の学校でも不登校だったことを知っている祖母《そぼ》のテルは、拓実が学校に行かないことについてはなにも言わなかった。

どのみち母親が迎《むか》えに来るのだ。じきにいなくなる子なのだからめんどうなことには関わりたくない。

テルは、関わることを怖《おそ》れていた。

あんなに一生懸命《けんめい》に育てた息子は、わたしと嫁《よめ》の折り合いが悪くなったら、あっさり親を捨《す》てて家を出ていったじゃないか。

娘《むすめ》は家柄《いえがら》も財力《ざいりょく》も申し分のない男と結婚《けっこん》させてやった。夫婦仲《ふうふなか》は良好とは言えなかったようだけど、拓実《たくみ》という子どももできたんだから、多少のことには目をつむればいいものを。離婚《りこん》なんてみっともないことを。わたしに顔向けできなくて実家によりつかず連絡《れんらく》もよこさず、それが何年ぶりかで顔を出したと思ったら、再婚《さいこん》した男がリストラされた？　再就職《さいしゅうしょく》がままならず精神的《せいしんてき》に不安定？　不登校の拓実と同居《どうきょ》させていたら夫の症状《しょうじょう》が悪化する？　なにを言ってるんだか。わたしが選んだ男で我慢《がまん》しておけばよかったのに、ロクでもない男にひっかかって。

とにかく。拓実はわたしが育てたわけではないのだから、あの子が学校に行かないのはわたしのせいではない。不登校だろうがなんだろうが、わたしには関係がない。どうせ母親が迎《むか》えに来るまでの間じゃないか。

そう割《わ》り切っているつもりだったが、それでもやはりテルにも忸怩《じくじ》たる思いはある。わたしの孫が、なんだってこんなに不甲斐《ふがい》ない子に育っちゃったんだか。

口には出さないが、誇《ほこ》り高いテルには屈辱《くつじょく》であることに変わりはない。

自分が情《なさ》けないヤツだと思われていることは、祖母の憮然《ぶぜん》とした表情《ひょうじょう》から拓実にも伝わっていた。でも、それくらいのこと、登校を無理強いされることに比《くら》べたら、なんでもないことだった。

拓実は、母からの連絡だけを待っていた。

ただ、携帯《けいたい》電話をもっていないので、母と話すには家の電話を使わせてもらわなければならない。かなり気を使う。しかも、パートの勤務《きんむ》時間が不規則《ふきそく》な母親は携帯を留守《るす》電《でん》にしてあるので、拓実から電話をしてもつながらないことが多い。おのずと母親からの連絡を待つということになってしまう。夏休みの間は、祖母のいない時間を見はからって母親は電話をくれたが、九月になってからは連絡がない。

「パパも新しい仕事が見つかれば落ち着くから」と母親は言っていた。拓実にはそんなことは信じられなかった。母親が「パパ」と呼《よ》ぶ男が自分のことを嫌《きら》っているのは拓実だって知っている。あの男は、拓実が邪魔《じゃま》なのだ。

おかあさんは？　おかあさんもボクが邪魔なのかな。あの男のほうがいいのかな……。

それでも、自分を迎《むか》えに来た母親が、あの男と別れて二人で暮《く》らすと言ってくれることを拓実《たくみ》は夢《ゆめ》見ずにはいられなかった。

「帰りは午後になるので昼はそうめんをゆでて食べなさい。じゃあ、留守番《るすばん》、たのんだわよ」と言い置きして祖母《そぼ》は家を出ていった。

市のコミュニティーセンターで漢詩の講座《こうざ》を受講するのが、その日の祖母の予定だった。

裏《うら》の竹林から時雨《しぐれ》のような蟬《せみ》の鳴き声が聞こえてくる。まだまだ夏は終わらせないと言わんばかりに蟬はじんじんと鳴いている。拓実はもっともっと夏が続けばいいと思っていた。涼《すず》しくなったら、『留守番』の役なんかいらなくなってしまうから。

鍋《なべ》に水をはってガスコンロに火を点《つ》けた。お湯を沸《わ》かすだけで汗《あせ》だくになってしまう。

そうめんをゆでている最中、庭のほうで人の声がした。ガスの火を止め、ザルにあけたそうめんを水に放してから縁側《えんがわ》に様子を見に行くと、オイカワが小さな子どもを二人連れて庭木の間に立っていた。

「これ、おとうといもうと」

オイカワは縁側の拓実を見上げた。

なんとこたえればいいのか、拓実が菜箸《さいばし》を握《にぎ》ったまま突っ立っていると、視線《しせん》は拓実に向けていながらも本当はなにを見ているのかわからないような目つきで、「なにしてんだ」と聞く。

「お昼を、つくってる」

拓実がこたえると、

「おれたち、まだひるめしくってないんだ」

へらへら笑う。

緊張感《きんちょうかん》のない笑顔。なのに、細めた目の底には不敵《ふてき》な光がある。

「……そうめんしかないけど」

拓実は三人を台所に通してしまった。

拓実《たくみ》が台所のテーブルに氷を浮《う》かせたそうめんと麺《めん》つゆを入れたガラスの小鉢《こばち》を並《なら》べている間、そこらじゅうを走りまわっていた妹と弟は、オイカワが「すわれ」と一喝《いっかつ》すると、どたばたと椅子《いす》にはい上がり、いただきますも言わずにガラスの器に手をのばした。

「今日は給食がなかったからな」

オイカワは悪びれたふうもない。

学校に行っていないので、給食がない理由がわからない。拓実が口ごもっているうちに、弟がガラスの小鉢をひっくり返した。テーブルにまきちらされた麺つゆが床《ゆか》にしたたり落ちる。

うわぁ。

拓実は大声をあげてしまった。祖母《そぼ》は、こういうことに異常《いじょう》にうるさいのだ。

拓実がこんなにもとり乱《みだ》しているのに、オイカワは相変わらずへらへらと自分には関係ありませんみたいな顔で、そうめんをすすっている。

なんでこんなヤツらを家の中にあげて昼ごはんまでおごってしまったんだろう。後悔《こうかい》したが、そんなことよりいまは祖母が帰ってくる前にきれいに始末することのほうが先だった。祖母はちょっとしたシミも見逃《みのが》さないヒトなのだ。

拓実が雑巾《ぞうきん》で床をふいている間に、そうめんはあらかたなくなっていた。テーブルの上は兄妹が食べちらかした麺や汁《しる》や器で、台風が通過《つうか》したあとのようになっていた。こんなに汚《よご》して。

拓実は泣きたい気分だった。

そうめんを平らげた弟と妹が、今度は冷蔵庫《れいぞうこ》の中を物色している。テーブルの上を片《かた》づけながら、拓実は気が気ではない。

「その葛《くず》きりにさわっちゃダメだって。おばあさんの大好物なんだから」

注意しても聞く耳をもたない。なめられているらしい。

なんとかしてよーこの子たち。

しかし、兄であるオイカワは、どこに行ったのか姿《すがた》が見えない。

我慢《がまん》も限界《げんかい》だった。拓実《たくみ》は台所を飛び出してオイカワを探《さが》した。玄関《げんかん》、トイレ、居間《いま》……。オイカワは、拓実が個室としてあてがわれている四畳半《よじょうはん》にいた。

「なにしてるの」

とがめた拓実に、ゆっくりとオイカワがふり返った。

「おまえんちって、広いな」

声変わりしていない高い声。なのに、抑揚《よくよう》のない口調は妙《みょう》に大人びて拓実をひるませる。

「これ、かしてくれ」

オイカワは、拓実が文机《ふづくえ》の上に置きっぱなしにしておいたゲームソフトを手にしていた。

有無を言わさぬ声の調子におされて、拓実がうなずいてしまったそのとき、台所のほうから罵声《ばせい》が聞こえ、同時に、だだだだっ、乱《みだ》れた足音が響《ひび》いた。

おばあさんが帰ってきた！

祖母《そぼ》の怒鳴《どな》り声は、家中の障子《しょうじ》がぴりぴり震《ふる》えているのではないかと思うくらいすさまじかった。

硬直《こうちょく》する拓実の脇《わき》を、するりとオイカワが抜《ぬ》けていく。

ハッとしてあとを追った拓実が見たのは、裏木戸《うらきど》から逃《に》げていく妹と弟。そして、縁《えん》側《がわ》からひらりと庭に飛び降《お》りたオイカワの後ろ姿《すがた》だった。

台所の惨状《さんじょう》に眉《まゆ》をつり上げている祖母の形相《ぎょうそう》は、図書館で借《か》りた妖怪《ようかい》百科事典にのっていた浅茅ヶ原《あさじがはら》の鬼婆《おにばば》のようだった。夜中に思い出したら眠《ねむ》れなくなるような顔だ。

兄妹は逃げてしまった。当然のごとく祖母の怒《いか》りは集中豪雨《ごうう》となって拓実の上に降《ふ》り注ぐ。

「なんなの、あの子たちは。知らない子どもを家の中に入れて、おまえは留守番《るすばん》もまともにできないの」

留守番はたったひとつの拓実の役目だった。

「知らない子じゃないんです」拓実《たくみ》はしどろもどろに言い訳《わけ》した。「坂の下に住んでて……オイカワって名前の同じ小学校の子で……弟と妹ははじめてだったけど……お腹《なか》がすいてたみたいで……」

拓実の弁解《べんかい》は一蹴《いっしゅう》された。

家の中のすべてが自分の差配《さはい》の下になければ気のすまない祖母《そぼ》にとって、他人にあちこちひっかきまわされることほど我慢《がまん》ならないことはない。そうめんをゆでるために水をはった鍋《なべ》の底に気泡《きほう》が立つようにふつふつと怒《いか》りが沸《わ》き上がり、仏壇《ぶつだん》に供《そな》えてあったメロンがなくなっているのを発見した瞬間《しゅんかん》、ぐらぐらと煮《に》え立った。

電話が鳴ったのは、ちょうどそのタイミングだった。沸騰《ふっとう》した熱湯が吹《ふ》きこぼれる寸《すん》前《ぜん》でいきなり水をさされた祖母には間《ま》が悪いことおびただしかったが、祖母の叱責《しっせき》から逃《のが》れられた拓実にとっては救いの電話だった。

祖母は肩《かた》をいからせ、床《ゆか》を踏《ふ》みぬく勢《いきお》いで廊下《ろうか》を直進し、玄関《げんかん》の上り框《がまち》に設置《せっち》してある電話の受話器をひっつかんだ。

「はい」

受話器に耳を当てる祖母の眉間《みけん》に縦《たて》ジワが浮《う》かび、ノミで彫《ほ》ったように深くなっていく。

救いの電話をくれたのは、拓実の担任《たんにん》だった。

聞き覚えのある声が鼓膜《こまく》に触《ふ》れ、またか、とテルは心の中で舌打《したう》ちをした。用件《ようけん》はわかっている。担任のタケナカとかいう教師《きょうし》から、孫が登校しないことに関してたびたび電話があったからだ。

でも、いまのテルには、孫が学校に行かないことよりも自分のテリトリーが侵《おか》されたことのほうが重大だった。それに、「拓実くんが学校に来ない」という担任の言い方もテルの癇《かん》にさわった。若い女の教師に批判《ひはん》がましいことを言われるなんて、プライドの高いテルには我慢できないことだった。

まるで、わたしの監督《かんとく》不行きとどきみたいな言い方じゃないの。

プライドにヒビを入れられたテルは、躊躇《ちゅうちょ》なく怒《いか》りの矛先《ほこさき》を担任《たんにん》に向けた。

「そんなことはどうでもよろしい」

その声は、テルが花を生けるときに使う剣山《けんざん》のようにとがっていた。

「ウチの孫のことをとやかく言ってる場合？　はぁ、じゃないわよ。いまさっき、おたくの学校の生徒がわたしの家に無断《むだん》で侵入《しんにゅう》して、家中荒《あ》らしまわって逃《に》げたってのに」

無断じゃないのに、と拓実《たくみ》は思った。おばあさんはボクの話を全然聞いていない。

「だから言ってるじゃない、おたくの生徒だって。オイカワって名前の、坂の下に住んでる兄妹。稲小《いなしょう》の子でしょ。被害《ひがい》？　だから、冷蔵庫《れいぞうこ》の中のものを食いちらかしたうえ、メロンまで盗《ぬす》んでいったのよ」

電話口でまくしたて、それでも怒りがおさまらないらしい祖母《そぼ》は、あなたじゃ埒《らち》が明かない、校長を出しなさい、などと無茶を言い始めた。

おばあさん、それって八つ当たりではないですか。

担任と祖母のやりとりをはらはらしながら聞いていた拓実は心の中でつぶやいた。

3

拓実《たくみ》を驚《おどろ》かせたのは、すぐに、教頭と担任《たんにん》のタケナカ先生と中年の男性教師《きょうし》とが祖母《そぼ》の家に駆《か》けつけてきたことだった。

拓実が知っている学校というものは、なにが起こってもこんなに早く動きはしない。激昂《げきこう》する祖母に先生たちが恐《おそ》れをなしたのだと拓実は思った。

校長を出せ！　などと大騒《おおさわ》ぎしていた祖母も、学校側の対応《たいおう》の早さは意外だったようだ。しかし、「早けりゃいいってもんじゃない」と祖母の怒《いか》りはおさまらず、「どうせ、うるさそうな保護者《ほごしゃ》には早めに手を打てと教育委員会からお達しでもあったんだろ」などと拓実にまで当たりちらす。自分がクレーマー扱《あつか》いされているようで、それが気に入らないらしい。

祖母は苛立《いらだ》ちをあらわにしたまま、なぜ校長が来ないのだと詰問《きつもん》した。

居間《いま》の、顔が映りそうなほどにみがきこまれた黒檀《こくたん》の座卓《ざたく》の前に恐縮《きょうしゅく》の呈《てい》で正座している教頭は、

「あいにく、本日、校長は病院の検査《けんさ》予約をとっておりまして、午後から不在《ふざい》なもので、わたくしがかわりに」などと説明しながら額《ひたい》や首筋《くびすじ》をハンカチでぬぐった。

この季節、祖母の家を訪《たず》ねてくる者はたいてい汗《あせ》をかきかき坂を上がってくるものだが、小太りの教頭は特に汗かきなのか、ワイシャツの背中《せなか》がびっしょりぬれていた。

エアコンをつけてあげればいいのに、と拓実は教頭に同情《どうじょう》したが、エアコンは就寝時《しゅうしんじ》しかつけない、を信条《しんじょう》とする祖母には、そんな気はさらさらないようだった。

「実は……」教頭は言いにくそうに口をもごもごさせた。「オイカワという生徒には、その……窃盗癖《せっとうへき》がありまして」

そうか、札《ふだ》つきだったのか。

テルは学校側の行動の迅速《じんそく》さに合点がいった。

「メロンの件《けん》については、おっしゃられるとおり、オイカワが当事者である可能性《かのうせい》は限《かぎ》りなく高いと思われます。こちらにうかがう前にオイカワの家によってきたのですが、母親の話では本人も弟たちもどこかに遊びに出たまま、まだ帰ってこないということでした。なるべく早く本人に確《たし》かめ、改めてご連絡《れんらく》いたしますので……」

教頭は再《ふたた》び額《ひたい》にハンカチを当てた。

「たぶん、メロンは、いまごろオイカワ兄妹の腹《はら》の中だろうと思われますが」

あとをひきついだ大柄《おおがら》な男性教師《きょうし》が苦笑した。

男性教師はオイカワの担任《たんにん》だった。

テルの眉《まゆ》が跳《は》ね上がった。

笑い事ではない。教え子の不祥事《ふしょうじ》は担任の責任《せきにん》ではないか。なのに、なんだ、その他人事のような言いぐさは。

結婚《けっこん》するまで教師をしていたテルは、この中年教師の態度《たいど》が気に入らなかった。

「あの子の親は放任といいますか、産みっぱなしといいますか、家庭環境《かんきょう》にちょっと問題がありまして、こちらも対応《たいおう》に苦慮《くりょ》していまして」などとオイカワの担任は、「すべての元凶《げんきょう》は家庭」というようなセリフをくり返すばかり。

拓実《たくみ》の担任の若い女の教師は、終始、すみませんすみませんとあやまりまくっていたが、なにについて謝罪《しゃざい》しているのか、さっぱりわからない。

校長が来なかったことも教師たちの態度も、なにもかもにテルは腹が立った。

家庭環境のせいにすれば、それですむと思っているのか。

それなりの謝罪を得られたらそれでよしとするつもりだったが、テルは態度を硬化《こうか》させていた。

「親が悪いから、が通っちゃったら、学校が存在《そんざい》する意義はどこにあるのかしら。じっさいにこうやって迷惑《めいわく》をこうむっている第三者がいるのに、そういう生徒を学校はほうったらかしにするつもり？」

「いえ、けっしてそのようなことは……」

教頭の声を鋭《するど》い声がさえぎった。

「だったら、どういう指導《しどう》をしてるんだか説明しなさい」

学校や担任《たんにん》はなにをやっているのだと詰《つ》めよるテルに、教頭は酸素《さんそ》の足りない池の鯉《こい》のように口をパクパクさせた。

ひっきりなしに汗《あせ》をぬぐいながら、本人への説諭《せつゆ》に努めているとか危機《きき》管理の徹底《てってい》とか、職員《しょくいん》全体でのとり組みとか通り一遍《いっぺん》のことを並《なら》べる教頭を、

「そんなのあたりまえのことじゃない」

テルはひとことで黙《だま》らせた。

「まったく、忌々《ゆゆ》しきこととは、このことだわ。ウチの孫のことを云々《うんぬん》する前に、そっちのほうをなんとかしてちょうだい。問題児童の指導も満足にできない学校に、安心して孫を預《あず》けられるわけがないじゃないの」

孫が学校に行かないのは学校が信頼《しんらい》できないから、とばかりの言いようだった。

おばあさんは、ボクが新しい学校に行かないのを、学校のせいにしてしまった。

そばで聞いていた本人が恥《は》ずかしくなるほどの言いがかりに、拓実《たくみ》はおもわず顔をふせてしまう。

おばあさんは賢《かしこ》いヒトだから、自分がムチャを言ってることくらいわかっているはずだ。なのに、こんな言いがかりをつけるなんて、やっぱり頭にきてたんだ、ボクが学校に行かないことに。

しかし、さすがの祖母《そぼ》も、なくなったものがメロンだけではそれ以上の言いがかりをつけるのは難《むずか》しい。

それを見越《みこ》したように、

「盗《ぬす》まれたのはメロンだけ？」と、オイカワの担任が拓実にふってきた。「ほかになにかある？」

祖母のこめかみがピクついた。

拓実は上目で、オイカワの担任と祖母の様子をうかがった。

男の先生がおばあさんにいい加減《かげん》うんざりしていることも、おばあさんが男の先生の態度《たいど》にムカついていることもわかる。大人の顔色が読めるというのは難儀《なんぎ》なことだ。自分がどうふるまえばいいかを考えすぎて、いつも空《から》まわりしてしまう。

拓実《たくみ》は膝《ひざ》の上に置いた手に視線《しせん》を落とし、

「ゲームソフトを貸《か》しました」

縁《えん》の下でコオロギが鳴くような小さな声でこたえた。

教師《きょうし》たちが顔を見合わせた。その表情《ひょうじょう》で、どうやらゲームソフトは戻《もど》ってこないらしい、と拓実はさとったが、祖母《そぼ》は納得《なっとく》しなかった。

「メロンは無理としても」

怒《いか》りの火種が尽《つ》きかけていたところに新しい薪《まき》がくべられた。終息しかけていた祖母の怒りが勢《いきお》いを盛《も》り返した。

「学校は責任《せきにん》をもって、そのオイカワって子から孫のゲームソフトをとり返してくれるんでしょうね」

三人の教師は困惑《こんわく》したように再《ふたた》び顔を見合わせた。

「学校外でのことは……」

教頭は語尾《ごび》をにごした。

「貸したわけですしねぇ」

オイカワの担任《たんにん》の言い方は、あからさまに素《そ》っ気なかった。

祖母の眉《まゆ》が逆《ぎゃく》八の字につり上がった。つまり、キレたのだ。

祖母は昂然《こうぜん》と顎《あご》を上げ、自分は曾祖父《そうそふ》の代からここに住んでいるのだと高飛車に言いはなった。梶原《かじわら》の身内には弁護士《べんごし》もいること。市の教育委員長は大学の同期であること。教育委員会の誰《だれ》それとも懇意《こんい》にしていることなどを嵩《かさ》にかかってまくし立てた。

それは恫喝《どうかつ》なんじゃないか、というくらいの祖母の剣幕《けんまく》におののきながらも、このヒトは本当にボクのおばあさんなんだろうかと拓実は不思議な気分にとらわれていた。

なんでこのヒトはこんなに強気なんだろう。この自負心はいったいどこから出てくるんだろう。この高飛車な物言いは。白を黒と言いたてる押《お》しの強さは。

とてもボクと血がつながっているとは思えない。なんでおかあさんは、おばあさんのこの強いDNAを受けつがなかったんだろう。

いつだって、狙《ねら》われるのはボクだった。クラスが変わっても転校しても同じだった。どこに行っても暴力《ぼうりょく》はボクを見逃《みのが》さなかった。

唯一《ゆいいつ》の避難《ひなん》場所は自分の部屋だったけれど、おかあさんが「パパ」と呼《よ》ぶあいつが失業してからは、そこも安全な場所ではなくなった。あいつは、ボクにからむようになった。うまくいかないこと全部の鬱憤《うっぷん》をボクに吐《は》きちらすようになった。

人は臭《にお》いに敏感《びんかん》だ。あいつも嗅《か》ぎつけていたんだ、ボクの臭いを。肉食獣《じゅう》が獲物《えもの》の臭いを嗅ぎ当てるように。

ボクもおかあさんも弱い。

おかあさんは、ボクを助けることができなかった。もし、おかあさんにおばあさんの強さが、半分でいいからこの強さがあったら、ボクを守ってくれただろうか。

4

おはよーございまーす。

次の日の朝、坂の上の家には朝の挨拶《あいさつ》がとびかっていた。

よそいきの笑顔でハキハキと祖母《そぼ》と応対《おうたい》しているのは、五年二組のクラスメート。担任《たんにん》の差し金で拓実《たくみ》を迎《むか》えに来た二人の男子と二人の女子だった。

昨日のアレが効《き》いたのだろう。ひたすら「すみません」とあやまるしか能《のう》のなかった孫の担任に早速の効果《こうか》が表れたことに祖母は満足していた。

しかし、拓実の心臓《しんぞう》は風にゆれる裏庭《うらにわ》の竹林のようにザワザワと音をたてていた。

おばあさんの強気が裏目に出た。これでまたボクは標的になってしまう。なんで先生はこんな余計《よけい》なことをしてくれるのか。

教師《きょうし》のウカツな指導《しどう》がイジメのきっかけになる、ということを、拓実《たくみ》は身をもって知っていた。

太陽の直射《ちょくしゃ》は皮膚《ひふ》にひりひりと痛《いた》いくらいに強い。空の色はアニメのようなベタぬりの青で、朝っぱらから入道雲までわいている。

ランドセルを背負《せお》い四人のあとから玄関《げんかん》を出た拓実は、陽射《ひざ》しのまぶしさに立ちくらみを起こしかけた。

しかも、なぜか、門を出た四人の足は坂の下ではなく上に向かっている。

そっちは通学路じゃないはず、てゆーか、そっちには道なんかないのに。

坂の上には、木立の間に細い尾根道《おねみち》が通っていた。つやつやと濃《こ》い緑をまとった樹木《じゅもく》が尾根道に影《かげ》をつくっている。ほかに人の通る気配のない、樹木の中に消えてしまいそうな心細い道だった。

どこに行くんだろう。どこに連れていかれるんだろう。

四人の行動が拓実をおびえさせる。「道がちがう」と言いたかったが、声が出ない。

どくんどくんと心臓《しんぞう》が脈打っている。血液《けつえき》の流れが速くなる。血液がすごいスピードで全身を駆《か》けめぐり、体がぐらぐらゆれてくる。

立ち止まってしまった拓実に、「どうしたの」みたいに四人が笑いかける。クラスメートたちの屈託《くったく》のない笑顔が拓実の恐怖《きょうふ》を増幅《ぞうふく》させる。人は笑いながら人を殴《なぐ》ることができるのだ。前触《まえぶ》れもなくとんでくる蹴《け》りや拳《こぶし》の恐怖がよみがえる。

いつのまにか四人の顔からよそいきの笑顔が消えていた。ウェーブのかかった茶色っぽい髪《かみ》の女の子が大きな瞳《ひとみ》をふくらませて拓実の顔をじっと見つめている。もう一人の、髪を後ろでむすんだぽっちゃりとした女の子が、透視《とうし》でもするみたいに目を細めている。

ポニーテールが茶色い髪に耳打ちをした。

小首をかしげて聞いていた茶色い髪は、短く何度もうなずくと、「あのね」と拓実を見つめたまま言った。「遠まわりだけどこっちでいいの。こっちのほうが安全だから」

いいって、安全って……。

まだ話が見えていないらしい拓実《たくみ》の様子に、四人が目配せをかわした。

四人の総意《そうい》を代表するように、

「坂の下にオイカワんちがあるからだよ」とメガネの男子が言った。

「オイカワのアニキに会っちゃったらヤバいだろ」

髪《かみ》の生え際《ぎわ》がベジータそっくりな男子が焦《じ》れた声を出した。

坂を下りずにわざわざ迂回《うかい》して学校に行くのは、オイカワの兄である中学生に出会ってしまうのを避《さ》けるため、ということがやっと拓実に通じると、

「おまえ、とろすぎ」

ベジータがバカにしたようにくちびるをねじ上げた。

「その言い方はないんじゃない」

茶色い髪が拓実をかばった。

「そうだよ。しょうがないじゃん。引っ越《こ》してきたばっかりなんだから」

ポニーテールも同調した。

いますぐなにかをされるわけではないらしいということがわかっても、拓実の心臓《しんぞう》はドキドキと脈打っている。そんな拓実に、お行儀《ぎょうぎ》のよいクラスメートのユニフォームを脱《ぬ》ぎ捨《す》てたように四人が質問《しつもん》を浴びせ始めた。彼《かれ》らが知りたがっているのは、オイカワ兄妹が家に上がりこんだときの詳《くわ》しい様子だった。

昨日のことがクラスメートに筒《つつ》ぬけなことも驚《おどろ》きだったが、現場から中継《ちゅうけい》しているテレビのレポーターのように根掘《ねほ》り葉掘り聞き出そうとするクラスメートたちの勢《いきお》いに拓実はたじたじとなった。

なかでも彼らは、なにがなくなったか、という点に異常《いじょう》に興味《きょうみ》があるようだった。仏壇《ぶつだん》に供《そな》えていたメロンがなくなっていたことを話すと、四人は、へーという顔つきをした。メロンは予想外だったらしい。

ほかには、とつっこんでくるので、ゲームソフトを貸《か》した、と答えると、納得《なっとく》の表《ひょう》情《じょう》と同情の混《ま》ざった失笑が返ってきた。

「オイカワはゲームがちょー好きだからな」とベジータが訳知《わけし》り顔で言った。

「お金より？」

疑問《ぎもん》を呈《てい》したポニーテールに、

「だから、そのソフトはとっくに中古屋に売られてるって」とメガネが断言《だんげん》した。

「タクミくんちはオイカワんちに近いから、気をつけたほうがいいよ」

茶色い髪《かみ》が真顔で言った。

ぱっちり見開いた目が、本当に心配しているのよ、と訴《うった》えていた。

拓実《たくみ》が登校したことを、担任《たんにん》のタケナカ先生は拓実本人がひいてしまうくらい大げさによろこんだ。高揚《こうよう》した声と表情《ひょうじょう》がつくりものっぽくて拓実はすこぶる居心地《いごこち》が悪かったが、五年二組の連中は担任の大げさをあっさり流している。どうやら、大げさはタケナカ先生の個性《こせい》らしい。

拓実の席は茶色い髪の隣《となり》だった。拓実の前の席はポニーテールとベジータで、後ろがメガネだった。拓実は、家まで迎《むか》えに来てくれた四人の班《はん》に入れられた。つまりタケナカ先生は、拓実と同じ班の生徒を迎えによこしたわけなのだ。

「みんな、タクミくんにいろいろ教えてあげるのよ。いいわね、ちゃんと教えてあげてね」とタケナカ先生が朝のホームルームでくどいくらいに念を押《お》したためか、その日は休み時間のたびにクラスの生徒が拓実の机《つくえ》のまわりに集まってきた。

みんなは「いろいろ教えて」くれたが、それは、保健室や体育館への行き方とかの転校生向けの情報《じょうほう》ではなかった。

「オイカワんちは七人兄弟でさー」「えー。八人じゃなかったっけ」「九人だろ」「すっげえボロい長屋にごちゃごちゃ住んでんだよな」「まじボロい」「まじで九人兄弟だって」「おまえ、数えたことあんのかよ」「ねえよ」「あるある。あたしある。オイカワんちの家族がラーメン屋に入っていったのを目撃《もくげき》したときに数えた」「どこラーメン」「恵比須屋《えびすや》」「ラーメン食いてー」「家族全員で？」「そんな金、よくあるな」「そうそう。ママが、ラーメン食べるお金があるなら貸《か》したお金返してほしいって言ってたし」「セーカツホゴが出たんだろ」「なにそれ」「なんだよ、セーカツホゴって」「ラーメン食いてー」「おまえ、うるさい」

ほんとうにうるさーい！

拓実《たくみ》は耳をふさいで逃《に》げ出したかった。みんながみんな好き勝手にしゃべるものだから、あまりのうるささに頭がガンガンする。

「ねえ、恵比須屋《えびすや》って、それいつの話？」「えーと、まだ寒いころ。二月とか三月とか」「それ古いし。オイカワんちのおばさん、この前、こども産んだし」「じゃあ、また一人ふえたってこと？」「ってことは八人兄弟？」「おばさん入れて九人家族？」「いちばん上のおにいさんは」「いちばん上って、ヤクザの？」「あのヒト、家にいないじゃん」「おじさんは」「あそこんち、おばさんしかいないじゃん」「おじさんもいるらしいよ。ときどきだけど」「あたしも、それ、聞いた。オイカワんちにはお父さんもいるって。子どもの顔がみんな似《に》ているのが、その証拠《しょうこ》だって」

クラス全員にとり囲まれ、四方八方から降《ふ》り注ぐ言葉にさらされ、拓実はいまにも吐《は》きそうだった。それでもなんとか耐《た》えられたのは、みんなが関心をもっているのは拓実ではなくオイカワとその一家だったからだ。オイカワ一家は、火事とか交通事故《じこ》とかの事件《じけん》のように、他人の好奇心《こうきしん》を刺激《しげき》する存在《そんざい》のようだった。

みんなは転校生をダシにオイカワについてしゃべることが楽しくて仕方ないらしかった。

じっさい、クラスメートたちは、拓実が極度に緊張《きんちょう》していることに気がついていないようだったし、もし、気がついたとしても、それはオイカワ及《およ》びオイカワ一家についてのエピソードに動転しているからだと受けとられただろう。

拓実の頭の中はいっぺんに流れこんできたオイカワ家に関する情報《じょうほう》で満杯《まんぱい》になっていたが、情報は雑《ざつ》なうえに内容《ないよう》が錯綜《さくそう》していたため、わかったことは『子だくさん』ということくらいだった。

五年二組では、給食は班《はん》のメンバーが机《つくえ》をくっつけていっしょに食べる決まりだった。給食タイムの話題もやっぱり『オイカワ』だったことが拓実をなえさせた。

「ウチのママが、ママ友から聞いた話なんだけどー」と前置きしたポニーテールの名は菜摘《なつみ》だった。

「ママ友んちの子は六年生でさー、修学旅行《しゅうがく》のときなんて、生徒にお小遣《こづか》いをもたせておくとオイカワに盗《ぬす》まれるからって、財布《さいふ》は全部集めて先生が袋《ふくろ》に入れてもってて、お土産《みやげ》を買うときだけみんなに財布を渡《わた》したんだって」

熱く語るナツミの口の脇《わき》にはミートボールのケチャップがついていたが、ほかの三人はそんなことには気をとめていないようだった。それはまったく正しいという顔つきでうなずくことのほうに忙《いそが》しいのだ。

学校で頻繁《ひんぱん》にお金がなくなるのはすべてオイカワの仕業《しわざ》である、というのが四人の統《とう》一見解《いっけんかい》のようだった。

「二番目のおにいさんがすっごい不良で、オイカワんちは不良のたまり場になってんの」

唯香《ゆいか》という名の茶色い髪《かみ》の女子が、さも怖《こわ》そうにくちびるをすぼめた。

「ヤクザの長男がバックについてるから、誰《だれ》も次男に手が出せないんだ」

重要機密《きみつ》をバラしているかのようにメガネが声を低めた。メガネは白井といい、呼《よ》び名もそのまま『シライ』だった。

「オイカワんとこの二番目のにいちゃんって、仲間をつれて小学校に殴《なぐ》りこみに来たことがあるんだぞ」ベジータが「殴りこみ」に力をこめた。「六年のときの担任《たんにん》の先生にお礼参りに来たらしいんだけど、放課後で先生は帰ったあとだったもんで、頭にきて大《おお》暴《あば》れしてったんだって」

大きな音をたててミネストローネをすすったベジータの苗字《みょうじ》は渡部《わたべ》で、『ワッチ』と呼ばれているらしい。

「ボクが思うに、先生たちがオイカワに対して腰《こし》がひけてるのは、次男が怖いからだね」

シライくんがメガネのブリッジを中指で押《お》し上げながら持論《じろん》を述《の》べた。

四人の語る内容《ないよう》は休み時間ごとのレクチャーよりもさらにディープになっていたが、話を聞かされているうちに拓実《たくみ》の心の中にもやもやとしたものがわき上がってきた。

このヒトたちは、学校の窓《まど》を割《わ》られたとか、学校に侵入《しんにゅう》した不審者《ふしんしゃ》が女子の体操服《たいそうふく》を盗《ぬす》んだとか、深夜に夜道を一人で歩いていた女性《じょせい》が男に追いかけられたことまで、町内で起きた事件《じけん》や犯罪《はんざい》にはすべてオイカワ家の次男がからんでいると決めてかかっている。

それってどうなんだろう。

なんだか、桃太郎《ももたろう》の話に出てくる鬼《おに》みたいじゃないか。あれは、鬼っていうだけで桃太郎が鬼退治《たいじ》に行っちゃうって話だった。あの話では鬼がどんな悪いことをしたかは説明されていなかったけど、そのことに誰《だれ》も疑問《ぎもん》はもっていないようだった。

村で起きる悪いことはすべて鬼の仕業《しわざ》。昔話とちがうのは、この村には桃太郎はいないってこと。

帰りのホームルームまでに拓実《たくみ》は疲《つか》れ切っていた。朝から人にもまれまくってクタクタだった。けれど、安堵《あんど》していたことも事実だった。

オイカワ兄妹にメロンを盗《と》られたことで、『学校に来ない転校生』は帳消《ちょうけ》しにされたらしい。

これって、あれか。この村に移《うつ》り住んだ新参者が鬼の被害《ひがい》にあったことで、村の一員として認《みと》められちゃった的な？

5

教室の窓《まど》から見上げる空にはたくさんの石ころを並《なら》べたように雲が浮《う》かんでいた。日差しは暖《あたた》かいが、風は秋の気配を含《ふく》んでいる。深く息を吸《す》うと、ひんやりとした空気が胸《むね》にしみる。音がするほど大量に息を吐《は》き出したら肺《はい》がしぼんで、肩《かた》からしゅわっと力が抜《ぬ》けた。

いまのところ、ボクはうまくやっている。まがりなりにも毎日学校に通っている。自分なりにがんばっている。ボクが学校に通うようになってから、おばあさんは機嫌《きげん》がいい。ほかに居場所《いばしょ》がない子どもはがんばるしかないじゃないか。

来年の夏まで出番のないプールの水面《みなも》すれすれにトンボが飛んでいた。プールの脇《わき》のジャングルジムに小さな子たちがわらわらと群《むら》がっている。昼休みの場所とり競争に敗れ、校庭のすみでフェンスを背《せ》にこじんまりと野球をしているのは五年生の男子たちだった。六年生の男子たちは校庭の真ん中を占領《せんりょう》してサッカーをしていた。六年に混《ま》じってオイカワがサッカーボールを追っていた。

オイカワに関する膨大《ぼうだい》な情報《じょうほう》を注入されながらも、拓実《たくみ》にはそこまでのワルだという実感がわかない。

拓実が知っているオイカワは、汗《あせ》のしみこんだ古い麦わら帽子《ぼうし》みたいな匂《にお》いと細い首の、腕《うで》が触《ふ》れるくらい近くでコントローラーをあやつっていたゲーム好きの少年だったから。

「タクミくんは外で遊ばないの」

ふり向くと、ユイカが立っていた。

脱力《だつりょく》していた肩《かた》に力が入る。

拓実が見ていたものに視線《しせん》を合わせたユイカは、瞳《ひとみ》を空のほうに向けてちょっと考えるようなそぶりをしてみせた。

「六年の中にはオイカワとつるんでるヒトもいるみたい」

信じらんないよね、とユイカはあからさまな嫌悪《けんお》を顔に浮《う》かべた。

そーゆうヒトって、オイカワのおにいさんの威光《いこう》が目当てなんだよ。ほら、トラの威《い》をかるキツネってゆーやつ？　だって、それくらいしかオイカワとつるむ理由なんてないじゃん。

ふだんはおっとりした感じのユイカなのに、口から出てくる言葉は辛辣《しんらつ》だった。

もしかしたらこっちのほうが素《す》なのかもしれない、と拓実《たくみ》は思う。ユイカだけでなく、五年二組の誰《だれ》もがオイカワについて語るときは感情《かんじょう》をあらわにするから。

オイカワは徒党《ととう》を組むタイプじゃない、基本《きほん》、一人で動いてるし、なにかするときもだいたい単独犯《たんどくはん》だし、などと言いながらユイカは拓実の視界《しかい》の中にどんどん入りこんでくる。

近すぎ。

拓実は背中《せなか》を反らして身体《からだ》をひいた。

大きな目ですくい上げるように、ユイカがこっちを見ていた。

「タクミくん。メアド、教えて」

ビー玉のようにふくらんだユイカの瞳《ひとみ》に映っている拓実の顔が、ほうけたように口を開けている。

「……ケ、ケータイとかもってないので」

拓実はユイカの本心を測《はか》りかねていた。

ユイカはちょっと残念そうにくちびるをすぼめると、まぶたに密生《みっせい》する長いまつ毛をぱたぱたと動かしながら、

「家電《いえでん》でもいいよっ」と語尾《ごび》を弾《はず》ませた。

この子は、まばたきが自分をかわいく見せるとわかってやっている。ふわふわと甘《あま》い綿菓子《わたがし》みたいな見かけにまどわされそうになるけど、この子はおっとりでも天然でもない。あの大げさに見開く瞳も、自分の目力に自信があるからだ。

この子がなにを考えているのかはわからないけれど、興味《きょうみ》をもたれるのは正直迷惑《めいわく》。

でも、そんなそぶりは小指の爪《つめ》の先っぽほども見せちゃだめだ。油断《ゆだん》はしない。余計《よけい》なこともいっさいしゃべらない。こっちに引っ越《こ》してきた理由をたずねられたときにも、自分のウチは母子家庭で、母親が病気で入院したので祖母《そぼ》の世話になっている、と説明しておいた。いまどき母子家庭なんて珍《めずら》しくもないので、つっこむ者は誰《だれ》もいなかった。

景色みたいになれたら楽だと拓実《たくみ》は思う。誰の目にもとまらない、そこらへんの景色みたいに。

でも、気配を消すのは無理だから、気を使っていることがバレないように自然に見えるように、いつも神経《しんけい》を張《は》りつめていた。同じ班《はん》の四人には特別気をつけていた。四人に距離《きょり》を置きながらも、あくまで新参者としてふるまっていた。四人の忠告《ちゅうこく》に従《したが》ってオイカワの住んでいる長屋には近づかないようにしていたし、朝の通学時間帯の坂下近辺はオイカワんちの次男に遭遇《そうぐう》する危険性《きけんせい》が高いと統計《とうけい》をとったかのようにシライくんが主張《しゅちょう》するものだから、朝は尾根道《おねみち》を遠まわりして学校に通っていた。

図書館で借《か》りていた本の返却期限《へんきゃくきげん》が今日だったことに気づいたのは夕方だった。閉館時間は五時二十分。十月になって日の暮《く》れる時間は早くなっていた。

「図書館に行ってきます」

台所の祖母《そぼ》に声をかけると、ついでにおつかいをたのまれた。

赤味をおびた太陽の光が、家々の屋根やプラタナスの金色の葉や坂道のアスファルトを照らしていた。

長屋の前は通りたくはなかったが、じきに陽《ひ》が落ちそうだった。閉館時間もせまっていた。

オイカワのところの次男に会いませんようにと祈《いの》りながら拓実は坂を下った。

最悪なことに、長屋の前に数人の制服《せいふく》の男子がたむろっていた。

〈オイカワんちは不良のたまり場になってんの。坂の下でカツアゲされた子もいるんだよ〉

クラスメートたちの声が危急《ききゅう》を知らせるサイレンのように頭の中で鳴り響《ひび》いていた。心臓《しんぞう》の鼓動《こどう》が速くなる。血液《けつえき》の温度が上っていく。夕方の風は冷たいのに、拓実《たくみ》の腋《わき》の下を汗《あせ》が流れる。

足が戻《もど》りかける。が、もう遅《おそ》い。

煙草《たばこ》を吸《す》っていた中学生が顔を上げてこっちを見ていた。バイクにまたがっていた中学生がこれ見よがしに空《から》ぶかしをした。

バクン、バクン、心臓の拍動《はくどう》が激《はげ》しくなった。体中の毛穴《けあな》から汗が噴《ふ》き出る。拓実は祖母から買い物のお金を預《あず》かっていたのだ。

中学生たちは、顔をひきつらせた小学生をいたぶるような目つきで眺《なが》めていた。拓実は、本と財布《さいふ》を入れた手さげ袋《ぶくろ》を胸《むね》の前できつく抱《だ》きかかえ、がくがく震《ふる》える足をはげまして中学生たちの脇《わき》を走りぬけようとした。

しゃがんでいた中学生がゆらりと立ち上がって行く手をふさいだそのとき、声が聞こえた。

「そいつ、オレの知り合い」

声変わりしていない高い声。オイカワだった。

ダルそうにサンダルをひきずりながら長屋から出てきたオイカワは、いつもと同じとりとめのない顔つきをしていた。でも、いつもなら焦点《しょうてん》がぼやけてなにを見ているのかわからないような瞳《ひとみ》が挑《いど》むように光っていた。

中学生たちはつまらなそうな顔でしゃがみこむと、なにもなかったように再《ふたた》び煙草を吸い始めた。

「どこに行くんだ」

オイカワは、ペタリペタリとサンダルをひきずりながら拓実に近づいてきた。瞳の光は消えて、焦点は無限大《むげんだい》になっていた。

「図書館」

小さな声でこたえると、オイカワはうす笑いを浮《う》かべながら図書館までついてきた。

閉館間際《まぎわ》の図書館はざわついていた。カウンターには本を借《か》りる人たちで列ができていた。オイカワは物珍《ものめずら》しそうに館内を歩きまわっていた。図書館ははじめてなのだそうだ。拓実《たくみ》には、図書館に来たことのない人間のほうが珍しかった。

図書館を出たとき、すでに空は蒼黒《あおぐろ》く、夕陽《ゆうひ》の最後の長い指は暗い梢《こずえ》にかかっていた。

図書館の帰りに『あらい屋』によった。祖母《そぼ》に醤油《しょうゆ》を買ってくるように言いつけられていたからだ。

『あらい屋』は老夫婦《ろうふうふ》が営《いとな》んでいる米屋だが、米のほかに醤油や味噌《みそ》などの調味料、牛《ぎゅう》乳《にゅう》や菓子《かし》パンなども売っている。

白色光で明るく照らし出された店内では、お婆《ばあ》さんがひとり、店番をしていた。置き物の人形のようにちんまりとレジの前に座《すわ》っていたお婆さんは、拓実の後ろから店の中に入ってきたオイカワに気づいたとたん、眠《ねむ》たげに半ば閉じかけていた目をカッと見開いた。

みるまに険《けわ》しくなっていくお婆さんの形相《ぎょうそう》に動じることもなく、うすら笑いを浮《う》かべて店の中をうろついていたオイカワは、拓実がレジで醤油の代金を払《はら》っている間に姿《すがた》を消した。その直後、

「やられた！」

お婆さんが叫《さけ》んだ。

陳列棚《ちんれつだな》のチョココロネとクリームパンがなくなっていた。

ほんのちょっと目を離《はな》したすきに！

お婆さんが地団駄《じだんだ》を踏《ふ》んでいる。

うそ。ぜんぜんわかんなかった。

オイカワの電光石火の早業《はやわざ》に拓実はただただ驚《おどろ》くばかりだったが、のん気に驚いている場合ではなかった。

「あんた、ここらで見かけない顔だね」

シワに埋《う》もれていたお婆さんの目が、三角形になってとび出しているのだ。

「あの子とグルなんじゃないの」

「ち、ちがいます」

拓実《たくみ》は激《はげ》しく首をふった。

オイカワくんとは、たまたまいっしょになっただけです。ボクはなんにもしてません。

拓実をにらんでいるお婆《ばあ》さんの眉間《みけん》には、顔中のシワが眉《まゆ》の間に移動《いどう》したような深い溝《みぞ》が何本も刻《きざ》まれていた。

拓実は焦《あせ》った。

仲間だと疑《うたが》われている。このままでは警察《けいさつ》につき出されてしまう。

自分はこの町に越《こ》してきたばかりなこと。坂の上の家に住んでいること。図書館に行った帰りに祖母《そぼ》に買い物をたのまれたことを一生懸命《けんめい》に説明すると、

「そういえば、坂の上の梶原《かじわら》さんとこに孫が来てるって聞いたような気がするけど、あんたのことかい」

お婆さんの眉間の溝が心もち浅くなった気がした。

そうです、ボクです。拓実は必死だった。

「梶原さんの奥《おく》さんには贔屓《ひいき》にしていただいてねー」

どうやら疑いは晴れつつあるらしい。

「うちは、もう何十年もあの坂の上まで米を配達してきたんだよ。息子さんたちがいなくなってからは配達の回数も減《へ》っちゃったけどね」

お婆さんが目尻《めじり》のシワを深くして笑った。

よかった。ここが、ウチのおばあさんの昔からのなじみの店で。

ほっとしたのもつかのま、巾着《きんちゃく》の結び目のようにシワがよったお婆さんの口が猛烈《もうれつ》な勢《いきお》いで動き始めた。

「あいつは万引きの常習犯《じょうしゅうはん》で、うちは本当にひどい目にあってるんだよ。あたしもおじいさんも年よりなもんで、なかなか現行犯でつかまえられないんだよ」

愚痴《ぐち》が、巾着の口からほとばしる。

「それをいいことに、近ごろは弟や妹をオトリに使ってこっちの気をそらしたり、手口が巧妙《こうみょう》になってさー。あそこの次男にもさんざんやられたし、あの兄弟のおかげでウチはえらい損害《そんがい》だ。まったく、あの長屋には泥棒《どろぼう》一家が住んでるんだよー」

お婆《ばあ》さんは悔《くや》しそうにくちびるを歪《ゆが》めたが、泥棒一家という言いまわしがなんだかおかしくて、拓実《たくみ》はちょっと笑いそうになってしまった。そんな拓実の表情《ひょうじょう》を読んだのか、

「ウソじゃないって。だって、あんた、年に一回、業者がこのあたりのドブをさらうんだけど、あの長屋の前のドブからは財布《さいふ》が山ほど出てくるんだから」

お婆さんはがぜんムキになった。

「とにかく、あの長屋のまわりの汚《きたな》いことったら、そりゃあ尋常《じんじょう》じゃないんだよ。洗濯《せんたく》物《もの》も干《ほ》してあるんだか捨《す》ててあるんだかわかんないし、布団《ふとん》もそこらにほっぽってあるし」

お婆さんの糾弾《きゅうだん》はいつ果てるともなく続く。

外はもうまっ暗だ。拓実は気が気でない。

店の前でバイクの止まる音がした。お婆さんの口の動きが止まった。店主が配達から

戻《もど》ってきたらしい。

それでやっと店から脱出《だっしゅつ》できた拓実だったが、家に帰ると、案の定《じょう》、祖母《そぼ》が帰りの遅《おそ》い拓実にシビレを切らしていた。

「どこで油を売ってきたんだ」

玄関《げんかん》の戸を開けたとたんに怒鳴《どな》られた。

こんなことなら配達をたのんだほうが早かった、おまえはおつかいもまともにできないのか。

祖母の叱責《しっせき》は延々《えんえん》と続く。

まったく今日はなんて日なんだろう。

頭を下げて足元の三和土《たたき》を見つめる拓実の口からため息がもれる。

うなだれて祖母の怒《いか》りの直撃《ちょくげき》を避《さ》けながら、オイカワくんはなんで万引きなんてするんだろうと拓実はぼんやり考えていた。

ボクは万引きなんてできない。興味《きょうみ》はないし、もし興味があったとしても怖《こわ》くてそんなことできない。オイカワくんは興味《きょうみ》でやってんのかな。やらなくちゃならなくてやってんじゃないのかな。もしかして、オイカワくんの家は食べ物に事欠くほどに貧乏《びんぼう》なんじゃないのかな。そういえば、オイカワくんの弟と妹はあの日、ずいぶんお腹《なか》をすかせていたっけ。

オイカワがあらい屋から万引きしてきたチョココロネとクリームパンを食べる弟と妹の姿《すがた》を、拓実《たくみ》は想像《そうぞう》した。二人はおいしそうに菓子《かし》パンを食べていた。祖母《そぼ》の叱声《しっせい》を頭の上で聞き流しながら、自分は今日オイカワに助けられたのかハメられたのかどっちなんだろうと拓実は考えた。いくら考えてもどちらなのかよくわからなかった。

数日後。拓実が図書館に本を借《か》りに行くと、閲覧席《えつらんせき》の衝立《ついたて》のすべてに、『置き引きが頻発《ひんぱつ》しています。貴重品《きちょうひん》を机《つくえ》に置いたまま席を立たないでください』という張《は》り紙があった。

6

「タクミくんちって」

隣《となり》の席のユイカが自慢《じまん》の目をぱっちり開いて拓実《たくみ》の顔をのぞきこんだ。

「ほんとに母子家庭？」

その瞬間《しゅんかん》、休み時間のざわめきが遠のいた。ユイカの声だけが拓実の鼓膜《こまく》をゆらしていた。

「あたし、ママにタクミくんのこと、話したの。そしたらね、ウチのママ、タクミくんのおかあさんを知ってるって。中学校がいっしょだったんだって。高校は別れちゃったけど」

そうか、ここはおかあさんの地元だったんだ。

拓実《たくみ》は自分のウカツさを呪《のろ》った。

「それでね、ママの友だちの友だちつながりで、タクミくんのおかあさんは離婚《りこん》して、そのあと再婚《さいこん》したって聞いた、って」

地元のネットワークはあなどれない。あんなウソなんか簡単《かんたん》にバレてしまう。父親がいるのに、なんでおばあさんと暮《く》らすのかと追及《ついきゅう》される。知られたくないことをほじくり返される。せっかくこれまでうまくやっていたのに。

ユイカの顔が拓実の目交《まなか》いにせまっていた。上目使いで拓実の反応《はんのう》をうかがっていた。

拓実のくちびるがひくひくと動く。とっさに口をついて出たのは、「オイカワがね……」という言葉だった。

拓実は、あらい屋でオイカワがパンを万引きし、自分がオトリにつかわれたことを声《こわ》高《だか》にしゃべり始めていた。前の席のナツミにも、学校もちこみ禁止《きんし》のバトルカードの交《こう》換《かん》で盛《も》り上がっていたシライくんやワッチにも聞こえるような大きな声だった。

『オイカワ』は子どもたちの感情《かんじょう》の中枢《ちゅうすう》を刺激《しげき》する最強の言葉。ナツミやシライくんやワッチだけでなく、ほかのクラスメートたちも拓実のまわりに集まってきた。

いま、拓実は、自覚的にオイカワを保身に利用したのだ。

あらい屋での出来事にみんなにウケるような脚色《きゃくしょく》を加え、自分でも驚《おどろ》くほど饒舌《じょうぜつ》に拓実はしゃべり続けた。

二度もカモにされた拓実は「だせー」とクラスメートたちから笑われたが、笑い声に含《ふく》まれているのは親近感だった。

クラスメートの多くが、自分の家族や知り合いがオイカワ一家からなんらかの被害《ひがい》をこうむっている。子どもたちは被害者同盟《どうめい》のような連帯感をもっている。

きっとみんな、なにもかもオイカワの家のせいにしておくと安心なのだ。

ひとりユイカだけがなにか言いたそうに下くちびるをつき出していたが、拓実はそっちを見ないようにしていた。

その日、拓実が昼休みの校庭の場所とりを自分から志願《しがん》して給食を猛《もう》スピードでかきこんで校庭にとび出したのは、なるべくユイカから遠ざかりたかったからだ。

だから、帰りのホームルームのあとで担任《たんにん》のタケナカ先生に呼《よ》ばれ、ちょっといいかなと相談室に連れていかれたときはホッとした。これで今日のところはユイカに母親の話題をむし返されることはなくなった、と。

そこはＰＴＡ役員の会合などで使われる、机《つくえ》とパイプ椅子《いす》だけの殺風景な部屋だった。ふだん閉め切っているので少しホコリくさかったけれど、温まっていた。

職員室《しょくいんしつ》よりもここのほうが気がねがないから、と言いながら、先生は日に焼けて黄色っぽく変色しているカーテンを開けた。斜《なな》めにさしこんだ光で空気中のホコリの粒《つぶ》がきらきらきらめいた。

部屋の中央には折り畳《たた》みのできる長机《ながづくえ》が四台、長方形に並《なら》べられていた。長方形の一辺に窓《まど》に背《せ》を向けて腰《こし》を下ろした先生は、机の角をはさんだ隣《となり》の椅子に座《すわ》るように拓実《たくみ》をうながした。

西日に照らし出された部屋の中は光と影《かげ》にくっきりと分かれていた。明るいところはさらに明るく、影の部分はさらに濃《こ》く。

タケナカ先生は用件《ようけん》に入る前に、「おばあさまはお元気？」「学校のこと、なにかおっしゃってない？」などと、さかんに祖母《そぼ》を気にしていた。

先生はちょっとピリピリしていて、拓実はちょっと肩身《かたみ》がせまい。そりゃあ確《たし》かにおばあさんは高圧的《こうあつてき》な物言いでまわりを委縮《いしゅく》させるヒトだけど、モンスターなんたらとかクレーマーとかなわけではないんです、と言い訳《わけ》がしたくなる。

肝心《かんじん》の用件は、十一月の『稲小祭《いなしょうさい》』に関することだった。

「稲小祭というのは、名前の通り、学校のお祭りです」と、転校生の拓実にざっくり説明したあとで、保護者《ほごしゃ》の方には稲小祭のなんらかの活動に参加していただくことになっています、と先生は本題に触《ふ》れた。

「そのことをお手紙にしたので、これ、おばあさまに渡《わた》してほしいんだけど」

拓実は手紙の入った封筒《ふうとう》を渡された。

「それでね、おばあさまにはちょっとお願いしたいことがあるんだけど、拓実くんからもたのんでみてくれないかな」

タケナカ先生は気弱にほほえんだ。

それは、ムリです。

拓実《たくみ》は封筒《ふうとう》に視線《しせん》を落とした。

おばあさんの口癖《くちぐせ》は、「いつになったらおまえの母親は迎《むか》えに来るんだ」なのだ。ボクが家にいることがわずらわしいと思っているおばあさんに、ボクからなにかをお願いするなんてできるわけがないじゃないか。

「あっ、やだ、ごめん。それ、拓実くんに言うことじゃないよね」

うつむいて黙《だま》りこくってしまった拓実に、タケナカ先生は動揺《どうよう》した。

「おばあさま、まだ怒《おこ》ってらっしゃるよね。なのに、こっちの都合でこんなことお願いするなんて図々しいよね。ごめん。ほんと、ごめん」

なにをあやまっているんだろうと拓実が当惑《とうわく》するほど、先生は「ごめん」を連発する。

五年二組の担任《たんにん》は過剰反応《かじょうはんのう》のヒトだということは拓実もわかっているけれど、大げさも過《す》ぎれば他人を不安にさせる。なみなみと水が注がれたガラスのコップの底がテーブルから半分はみ出しているみたいでちょっと怖《こわ》い。

悪いのは私《わたし》なのに……。

語尾《ごび》をぼかしたタケナカ先生は、落ち着きなく上着のポケットをまさぐり、煙草《たばこ》とライターをとり出し、拓実の視線《しせん》に気づくとバツが悪そうにくちびるだけで笑い、「ごめん」とまたあやまると、「吸《す》ってもいいかな」と言った。

煙草は好きじゃない。煙草の臭《にお》いは、おかあさんが「パパ」と呼《よ》ぶあいつの臭いだ。でも、タケナカ先生の「吸ってもいいかな」はなんだかずいぶん切羽詰《つ》まっていて、拓実はおもわずうなずいてしまう。

立ち上がった先生が窓《まど》を開けた。風が流れこみ、温まっていた部屋の空気と混《ま》ざり合う。

先生の顔に、直《じか》に西日があたっている。西日を避《さ》けて顔を横に向けた先生の頬《ほお》にまつ毛の影《かげ》が落ちている。

「職員室《しょくいんしつ》まで禁煙《きんえん》ってどうなのよねぇ」

そんなこと言われても。

拓実《たくみ》には相槌《あいづち》の打ちようもないことをヤケ気味に口走りながら、先生は煙草《たばこ》に火を点《つ》けた。動作に無駄《むだ》がなかった。

すーっと煙《けむり》を吸《す》いこむたびに、はみ出していたコップがテーブルの中央に戻《もど》っていく。煙を吸ったり吐《は》いたりしながら、先生はぼんやりと視線《しせん》をさまよわせている。ふぁぁと口から吐き出す煙といっしょに魂《たましい》まで出ちゃったんじゃないかと拓実が不安にかられたころ、先生は唐突《とうとつ》に、オイカワくんが四年のときの担任《たんにん》は私《わたし》なの、と独白《どくはく》のように言った。

「それまであの子はあんまり学校に来ていなかったの。オイカワくんが不登校気味だったのは、お兄さんが有名すぎたからだと私は思ってた。あのころ、オイカワくんのお兄さんは稲小《いなしょう》始まって以来の問題児って言われてて、彼《かれ》の行動に学校中がふりまわされていたから」

外気に撹拌《かくはん》された部屋の空気が急速に温度を下げていく。ジャージの襟元《えりもと》がすうすうして拓実は首に手をやった。

「お兄さんはオイカワくんが四年生になったときには稲小を卒業していたの。学校中がわかりやすくよろこんでた、肩《かた》の荷を下ろしたみたいに。新しい校長先生もいらして、きっとみんな、これで稲小に平和が来る、みたいな気分になってたんだろうな。だから、ついうっかり、私みたいな経験《けいけん》に乏《とぼ》しい人間をオイカワくんの担任につけちゃったのよ」

先生は自嘲《じちょう》気味に浅く笑った。

「私、あのとき、教師《きょうし》になって二年目だったのね。二年目ではじめて担任をもつことになって、すごく気負っていたと思う」

先生の声は少し硬《かた》かったけど、落ち着いていた。少なくとも拓実にはそう思えた。

「オイカワくんをなんとしてでも学校に来させなくちゃ、って、私、そればかり考えていた」

なにか重大な告白でもするように、タケナカ先生は背筋《せすじ》をのばした。

すごく意気ごんでたわよ、オイカワくんをきちんと登校させる、学校になじませる、それが教師《きょうし》としての私《わたし》の役目だ、って。あの子はお兄さんに比《くら》べて身体《からだ》つきは華奢《きゃしゃ》だったしおとなしかったから、兄よりはマシだろうと思いこんでいたんでしょうね。

それで、朝、職員会議《しょくいんかいぎ》が始まる前に家まで迎《むか》えに行くことにしたの。

用務員《ようむいん》さんに自転車を借《か》りて、はじめてオイカワくんの家に行ったときのことは、いまでもはっきりおぼえてる。何度呼《よ》んでも誰《だれ》も出てこない。玄関《げんかん》にはカギがかかっていないので、失礼しまーす、って断《ことわ》って戸を開けてみたら、サンダルやらスニーカーやらが足の踏《ふ》み場もないくらい何足も玄関の三和土《たたき》に転がってて、うす暗い部屋の中は引っ越《こ》しの最中かってくらい乱雑《らんざつ》で……。しかも、朝の八時を過《す》ぎてるっていうのに家中みんな寝《ね》てるみたいなの。うわーって感じ。話には聞いていたけど、ホントにひどいなーって。それでも気をとり直して、すみませーん担任《たんにん》の竹中です、って大声で呼んだら、猫《ねこ》が鳴いたみたいな赤ちゃんの泣き声がして、奥《おく》の暗がりで布団《ふとん》がもぞもぞ動いて、やっとおかあさんが起きてきた。オイカワくんを迎えに来ましたと言っても、あぁ、とくぐもった声を出したきり、なんのリアクションもないもんだから、起こしてしまってすみません、なんて私のほうがあやまっちゃったりして、なんで私があやまってんのよ、ちがうだろそれ、ってイラっとなったけど、泣いてる赤ちゃんを胸《むね》に抱《だ》いてぼんやりつっ立っているおかあさんはやつれて、とても疲《つか》れているようで、私は急に気おくれしてしまった。ここに来てよかったんだろうかって不安にかられて後ずさりしそうになったとき、オイカワくんが起きてきたの。私は自分をはげますように声を大きくした、学校に行こう、って。オイカワくんは嫌《いや》がって、最初はおかあさんにしがみついて離《はな》れなかったけど、それをなんとか説得して自転車の後ろに乗せてしまったら、あきらめたみたいだった。

それからは毎朝、オイカワくんを迎えに行った。竹中でーす失礼しまーす、って勝手に家に上がって、何人寝てるんだかわかんないようなタコ部屋状態《じょうたい》の中からオイカワくんを探《さが》して、ほら学校に行くよって、寝ぼけ眼《まなこ》のあの子を自転車に乗せて。おかあさんもほかの子どもたちも、私が迎えに行くことに慣《な》れてしまったのか、誰一人起きてこなかった。なんてウチだろうってあきれはて、だからこそ私《わたし》がなんとかしなくっちゃ、これで自分の教師《きょうし》としての力量が試されるんだから、ってますます気負ってしまって。

先生は指にはさんだままだった煙草《たばこ》を、革製《かわせい》の携帯灰皿《けいたいはいざら》にねじこんだ。

「私は自分に酔《よ》っていた。オイカワくんを毎朝迎《むか》えに行ってたのは私。学校に来るようにさせたのも私。私ってえらいでしょ、いい教師でしょ、って。結局、周囲からいい先生だと認《みと》めてもらいたかっただけなのよねー」

冗談《じょうだん》めかした口調なのに、ちぎれてしまいそうな声だった。

「オイカワくんが学校に来るようになって三か月くらいたってからよ、職員室《しょくいんしつ》で先生方の財布《さいふ》がなくなるようになったのは」

また一本煙草をとり出して、タケナカ先生は火を点《つ》けた。

そのころはまだオイカワくんの仕業《しわざ》っていう認識《にんしき》はなかったのね。ただ、なくなった財布が排水溝《はいすいこう》の中から見つかったときに、お金だけじゃなく財布についてたミニーちゃんのストラップがなくなってたことがあったから、犯人《はんにん》は子ども……生徒じゃないか、ってくらいで。

でもね。学年が変わる春休み直前に、ついに生徒のお金がなくなったの。そのお金はね、孫に会いに来ていたお祖母《ばあ》ちゃんに生徒がいただいたお小遣《こづか》いでした。お祖母ちゃんが田舎《いなか》に帰る日は学校が終わったらそのまま見送りに行くってことになっていて、その生徒はいただいたお金でお祖母ちゃんになにかプレゼントを買うつもりで、学校にもってきたのね。けっこうな大金だったので大騒《おおさわ》ぎになった。結局、そんな大金を学校にもってきたのがよくないってことになって、その子、泣きながらお祖母ちゃんのお見送りに行ったのよ。オイカワくんが盗《と》ったんだと思う、証拠《しょうこ》はないけど。あとで、その生徒のおかあさんに言われちゃった、あのままオイカワが学校に来なけりゃこんなことは起きなかったのに、って。

先生は深々と煙草を吸《す》いこみ、くちびるをすぼめて煙《けむり》を吐《は》いた。

私がしたことは、オイカワくんを学校に連れてきたことだけだった。学校に来るようになればそれで一件《いっけん》落着、みたいに。

私《わたし》はなにもできなかった。私はあの子のこと、なんにもわかっていなかった。結局、オイカワくんは私に心を開きはしなかった。なにを聞いてもひっそり笑うだけで、なにひとつ私にあかさなかった。

小さく開いたくちびるから、丸い煙《けむり》がほわほわと出てくる。

いま、学校がオイカワくんにかきまわされているのは、私がいい教師《きょうし》をアピールしたくて余計《よけい》なことをしたからなのよね。私が余計なことをしなけりゃよかったのよ。きっと、みんなそう思ってる。あのままオイカワが学校に来なければこんなことにはならなかったのに、って。

ふつう、教師は生徒にこんなことはしゃべらない。先生は、なんで、こんなことを、ボクにしゃべったんだろう。オイカワくんのこととなると、なんで、みんな、素《す》の自分を出してしまうんだろう。

「ごめん、タクミくん」

何度目かの『ごめん』をくり返したあとで、先生はうすく笑った。

「私、教師にはあんまり向いてない気がする」

先生は、煙草《たばこ》の煙のように目に見えてしまいそうな深いため息をついた。

7

「稲小祭《いなしょうさい》までいよいよ三週間です」

十一月の最初の朝会。体育館の壇上《だんじょう》では、校長先生が全校生徒に向かって信者を祝福《しゅくふく》するローマ法王みたいに両手を広げていた。

体重が落ちたためか声に張《は》りがなくなったことを気にしている校長は、それを補《おぎな》うために最近ややややオーバーアクション傾向《けいこう》なのだ。

「一年生のみなさんははじめてのことで、なんのことかわからないかもしれませんね。稲小祭というのは、みんなでつくってみんなで楽しむお祭りのことです。バザーもありますし、ＰＴＡや地域《ちいき》の有志《ゆうし》の方々によるバンド演奏《えんそう》や手品などのアトラクションもあります。おとうさんやおかあさんたちの屋台の食べ物屋さんもおいしいですよ」

屋台は焼きそばや綿《わた》あめなどが出店される予定だが、当日は現金《げんきん》ではなく事前に購入《こうにゅう》した食券《しょっけん》で買うことになっていた。拓実《たくみ》のクラスの生徒たちの中には、お金をもってくるとオイカワに盗《ぬす》まれるからだ、などとまことしやかに言う者もいた。

「みなさんには、遊びのコーナーを考えてもらいます。上級生と下級生がペアになり、知恵《ちえ》と力を出し合って楽しく遊べるお店をつくり上げるのです。校長先生は、上級生にリーダーとしての役割《やくわり》を期待しています。これまでの経験《けいけん》をもとに、おにいさんやおねえさんとしての自覚をもって下級生にいろいろ教えてあげてください。みなさんのご家族も町内の方々も、毎年このお祭りを楽しみにしていらっしゃいます。みんなで協力してお祭りを盛《も》り上げましょう」

拓実の周囲で水面《みなも》にさざ波を立てる風ほどの失笑がもれた。校長先生渾身《こんしん》のガッツポーズに無理があったからだ。

校長先生が行事の中でも特に稲小祭に力を入れているのは、地域の人たちとの交流もさることながら、上級生が下級生を指導《しどう》するという教育的な目的があったからだ。兄弟姉妹がいる子どもが減少《げんしょう》している現状《げんじょう》において、異年齢集団《いねんれいしゅうだん》で活動する機会を与《あた》えることは学校の役割《やくわり》。校長は職員《しょくいん》を前にたびたびそう力説していた。

五年二組は一年二組といっしょにゲームセンターをひらくことが決まっていた。ゲームセンターといっても、その内容《ないよう》は釣《つ》り堀《ぼり》とか射的《しゃてき》とか輪投げとか、夏祭りの夜店に近い。

たとえば『つりぼり』コーナーの釣り堀は、家からもってきた子ども用のビニールプールで代用する。魚は、紙袋《かみぶくろ》に絵の具やマジックでウロコの模様《もよう》を描《か》いたり色紙のヒレなどを貼《は》ったりしてつくる。

釣り堀班《はん》のメンバーが考えていた趣向《しゅこう》は、紙袋でつくった魚の口にホッチキスで輪ゴムをとりつけ、この輪ゴムを釣り竿《ざお》の糸の先の針金《はりがね》でつり上げると魚の腹《はら》の中に入っている景品がもらえる、というものだった。

タケナカ先生も、熱帯魚のようにカラフルなのやマグロのように大きなのや深海魚のようにキモかわいい魚を並《なら》べれば釣り堀はゲームセンターの集客の目玉になるわ、絶対《ぜったい》よ！　などといつもの調子で大げさにもち上げたので、釣り堀班は気合いが入っていた。

気合い満々の釣り堀班の熱気は、拓実《たくみ》を息苦しくさせた。

グループ活動なんてものにはひどい思い出しかない。拓実はいつもグループが円滑《えんかつ》に機能《きのう》するための安全弁《べん》だった。グループに不協和音が生じたときは最悪で、すべての元凶《げんきょう》は拓実だとばかりにつるし上げられた。

拓実たちの班が受けもつのは『わなげや』で、『つりぼり』に比《くら》べて地味で注目度が低いコーナーだった。仕事的にも、①お店の看板《かんばん》をつくる　②輪投げの的《まと》と輪をつくる　③景品の勲章《くんしょう》を折り紙で折る　とシンプル。

シライくんもユイカもナツミも、まぁほどほどにやればいっか、という雰囲気《ふんいき》をかもし出しているし、ふだんは「オレがオレが」のワッチは始める前からやる気がない。

輪投げ班のテンションの低さは拓実にとって救いだった。

これならうまくやれるかも。なんとかやりすごすことができるかもしれない。

その日は、ペアを組む五年二組と一年二組が体育館で初顔合わせする日だった。五年生のプレゼンを聞いて、どのコーナーに参加したいか一年生自身が選ぶのだ。

『わなげや』に入ってきたのは五人の男子だった。一年生の男子というのはだいたいがそんなものだが、彼《かれ》らも体育館の中を好き勝手に走りまわり、『わなげや』さんの仕事について説明するおにいさんやおねえさんたちの話なんか聞く気がないようだった。

「どうする？」てんでに騒《さわ》いでいる一年男子たちにナツミが目をすがめた。「あの子たち、自分たちがここにいる理由、全然わかってないよね」

「去年の稲小祭《いなしょうさい》で組んだ二年生もヒトの話を聞かないヤツばっかだったけど……」ユイカも憂鬱《ゆううつ》そうに首をふった。「一年って、ほとんど、日本語通じないし、あれより大変かも」

異年齢集団《いねんれいしゅうだん》の交流は、校長が言うほど簡単《かんたん》なものではない。

輪投げ班《はん》のリーダーとなったシライくんは、一年なんて世話が焼けるだけでいないほうがラク、と匙《さじ》を投げているし、ワッチなどは最初《はな》っから、メンドくせー、たりぃー、と人目をはばからず公言している。

根っからのアウトドア派であるワッチは、サランラップの芯《しん》で的《まと》をつくったり縄《なわ》とビニールテープで輪をつくったりなんてコツコツ地道な手作業には向いていないし、やる気もない。やる気がないのはかまわない。適当《てきとう》にサボっていたらいい。が、ワッチは格《かっ》好《こう》のオモチャを見つけてしまった。

五人の一年生の中にタナカくんの弟がいたのだ。

ワッチはタナカくんの弟を「タナカ犬《けん》」と呼《よ》んだ。「タナカ弟」でも「タナカ二号」でもなく、タナカ犬。

タナカくんの弟は、巣《す》穴《あな》から首だけ出して外敵《がいてき》がいないか見張《みは》っているウサギのようにワッチの表情《ひょうじょう》をうかがっていた。兄であるタナカくんは体育館のすみで釣《つ》り堀《ぼり》の魚をつくっていた。気づいているはずなのに、気づかないフリをしていた。

弟はちょっと首をかしげ、かまわれているのか嫌《いや》がらせなのかワッチの本心を量りかねているようだったが、ワッチがあんまりしつこく呼ぶものだから、「わんわん」小さな声でほえてみた。ワッチは甲高《かんだか》い笑い声をあげ、再《ふたた》び「タナカ犬」と呼《よ》んだ。タナカくんの弟はタナカ犬と呼ばれるたびに「わんわん」と調子を合わせた。タナカくんは弟から目をそらしていた。

「うるせーよ。ちゃんとやれよ」

仕事もせず一年生相手にふざけているワッチに、輪投げ班《はん》のリーダーシライくんはイラついていた。

「遊んでやってるんじゃん」

ワッチのほがらかな笑顔。

拓実《たくみ》は身体《からだ》が震《ふる》えた。

遊ぶと弄《もてあそ》ぶとは紙一重。拓実はそれを知っている。

ワッチのようなヤツはどこにでもいる。なにも考えずに残酷《ざんこく》なことをする。絶壁《ぜっぺき》に架《か》かったつり橋を渡《わた》るように、いまはかろうじて「これは、遊びだから」というバランスが保たれてはいるけれど、ちょっと風が吹《ふ》いただけでつり橋のバランスは崩《くず》れる。ボクだって、いつ「わんわん」を強要される立場になるかわかったもんじゃない。

ワッチは、クラスの中でも目立つ男子だ。自分に自信ももっている。自信の根拠《こんきょ》は足が速いとかそんなことなんだろうが、自信なんてもっているヤツの勝ちだ。

ナツミとユイカはしょーがないなーと肩《かた》をすくめ、シライくんもほうっておくことに決めたらしい。

ワッチはふざけてもいい男子なのだ。

ワッチはまた、自分の気分に周囲を巻《ま》きこむ扇動者《せんどうしゃ》でもあった。ほかのコーナーの連中は「タナカ犬」「わんわん」をおもしろがっている。タナカの弟で遊ぶという雰囲気《ふんいき》ができてしまったら、その流れに逆《さか》らうことは不可能《ふかのう》だ。調子に乗ったワッチが「お手」とか「おすわり」とか、弟に犬の真似《まね》をさせるに及《およ》んで、あちこちで笑いがわき始めた。

タナカくんがそっと体育館から姿《すがた》を消したのを、拓実は目のすみで見た。

サランラップの芯《しん》で輪投げの的《まと》をつくっていた拓実の手のひらが、じっとり湿《しめ》っていた。タナカくんは小太りで動きがトロくて気が弱い。タナカくんは五年二組の中でハブかれている。

拓実《たくみ》にできることは、とばっちりを受けないようにひたすら気配を消していることだけだった。

初顔合わせの日がこんなありさまでは、『わなげや』を選んだ一年男子たちがハズレのクジをひいてしまったと思いこんでも仕方がない。案の定《じょう》、「明日から毎日、昼休みは体育館のテラスに集合」とリーダーが念を押《お》したにもかかわらず、次の日、一年生は一人も来なかった。

ユイカとナツミが一年の教室まで呼《よ》びに行ったが、「ババア」呼ばわりされて憮然《ぶぜん》とした顔で戻《もど》ってきた。

ババアはともかくとして、チビたちに「ブス」とまで言われたユイカはかなりの勢《いきお》いで腹《はら》を立てていた。

「昨日、あんたが、タナカ犬とかバカなことやって遊んでたからじゃん。あいつら、あたしたちのことナメてんのよ」

ナツミはワッチのせいだと文句《もんく》を言った。

ナツミに責《せ》められたワッチは、「べつに、一年なんていなくてもいいじゃん。オレたちだけでちゃっちゃっとやっちゃうほうが早いじゃん」と開き直った。

そりゃ確《たし》かにそっちのほうが早い。しかし校長先生は、稲小祭《いなしょうさい》を異年齢集団《いねんれいしゅうだん》で活動する場と位置づけている。上級生はおにいさんやおねえさんとしての自覚をもって下級生を導《みちび》かなければならないのだ。

「一年生をほうっておいちゃダメでしょ。これは五年と一年の共同作業なのよ」

上級生の担任《たんにん》であるタケナカ先生は、輪投げ班《はん》のリーダーを呼んで注意した。

みんなで協力してお祭りをつくり上げるという教育的な目的をくどくど説かれたリーダーのシライくんは、しぶしぶ一年の教室に出向いていった。が、頭ごなしに叱《しか》りつけて連行しようとしたものだからチビたちに拒絶《きょぜつ》され、結局、拓実にお鉢《はち》が回ってきた。

なんで、ボクが……。

同年代の友だちすらいなかった拓実《たくみ》には、六、七歳《さい》の子どもは未知の生き物だ。だいたい、なにをどう話しかけていいのかすらわからない。

昼休みに一年の教室まで迎《むか》えに行ったら、チビたちはいっせいに逃《に》げた。次の日は逃げられはしなかったけれど、ライダーごっこに夢中《むちゅう》なチビたちに無視《むし》された。仕方ないので、彼《かれ》らがその気になるのを辛抱《しんぼう》強く待つことにした、というか、それしかできなかった。でも、メダカの水槽《すいそう》に手をつっこんでかきまわしたり蛇口《じゃぐち》の水をひっかけ合ったりアスレチック場の縄梯子《なわばしご》をとり合ってケンカしているチビたちを見ているのは意外におもしろかった。そのうち、昼休みになるといつもぼうっとこっちを見ている五年生に慣《な》れたのか、彼らのほうから遊ぼうと誘《さそ》ってくるようになった。タカオニをするというチビたちに請《こ》われるままに拓実がオニをやることもあった。けっこうおもしろかった。小さい子が相手だと緊張《きんちょう》しないからだと拓実は思った。そんなことが何日か続くうち、どこで気が変わったものか、昼休みになると輪投げ班《はん》の作業場所となっているテラスにチビたちが来るようになった。

学校の銀杏《いちょう》の枝《えだ》から葉がちっていくように、十一月も残り少なくなっていく。稲小祭《いなしょうさい》の準備《じゅんび》のためにPTAの役員たちが頻繁《ひんぱん》に学校に出入りするようになり、本番に向かって校内が活気と喧騒《けんそう》の度合いを深めていくころ、坂の上の家に来客があった。

客とは、PTA副会長の山根さん。男性《だんせい》の会長にかわってPTAの活動を仕切っているふくよかな体型の女性だ。

根っからの地元住民であるヤマネさんは、この老婦人《ろうふじん》のことをよく知っていた。歳《とし》は七十代なかば。医者や弁護士《べんごし》などを輩出《はいしゅつ》している地元の名士の一族であること。このあたりでは名門校として知られている女子高を卒業後、国立大学の教育学部に入学したという、当時は珍《めずら》しい高学歴の女性だったこと。母校の国語の教師《きょうし》を務《つと》め、結婚《けっこん》後は二人の子どもを産み育て、長男は有名大学を卒業して有名企業《きぎょう》に就職《しゅうしょく》、長女は資産家《しさんか》に嫁《とつ》いだこと。夫を亡《な》くしてからは広い屋敷《やしき》でひとり暮《ぐ》らし。非《ひ》の打ちどころのない経《けい》歴《れき》ゆえか近よりがたい人物と見られて近所とのつき合いは挨拶程度《あいさつていど》。プライドが高く気《き》難《むず》しい性格《せいかく》であること。

テルは最初、突然《とつぜん》の来訪《らいほう》という非礼《ひれい》をやけに調子よく詫《わ》びるPTA副会長に警戒心《けいかいしん》を解《と》かなかった。しかし、気難しい老人の扱《あつか》い方を心得ていた副会長は、テルと同じ女子高を卒業した後輩《こうはい》であることをさりげなくアピールするという手段に出た。

テルの口元がかすかにゆるんだ。母校を誇《ほこ》りに思っていたからだ。

さらにPTA副会長は、自分よりひとまわり年上の従妹《いとこ》がテルの授業《じゅぎょう》を受けたことがあるというエピソードで警戒心に穴《あな》をあけていった。テルは、人生の中で高校の教師《きょうし》をしていた時代の自分がいちばん好きだった。結婚《けっこん》して仕事を辞《や》めなければならなくなったときは、手足がもがれるような思いをしたのだ。

テルは、この婦人《ふじん》に親近感を抱《いだ》き、座敷《ざしき》に招《まね》き入れた。

腰《こし》の低さと如才《じょさい》なさでテルの懐《ふところ》に入りこんだヤマネさんは、庭の植木の見事さをさらりとほめてから、「折り入ってお願いがあるのですが」と切り出した。

「PTAでは今年、稲小祭《いなしょうさい》でのアトラクションにお化け屋敷を計画しておりまして、舞台装置《ぶたいそうち》として藪《やぶ》や竹林をつくる予定なんですの。それで、具体的なイメージをつかむために、実物の竹林を見学させてはいただけないでしょうか」

実は、竹林の件《けん》についてそれとなく打診《だしん》してくれるよう、ヤマネさんはタケナカ先生に依頼《いらい》していたのだが、ちっとも埒《らち》があかないので副会長自ら出張《でば》ることになった、という経緯《けいい》があったのだ。

テルに断《ことわ》る理由はなかった。

裏庭《うらにわ》の竹林に案内されたヤマネさんは、住宅街にこんな場所があったなんて、と孟宗竹《もうそうちく》のすばらしさをほめそやした。

「なんて静かなんでしょ。心が洗《あら》われるようですわ」

そりゃあふだんは森閑《しんかん》としていますけどね、今日はあなたのせいでだいぶにぎやかですよ。

テルは心の中で皮肉を言ってから、手入れが大変で費用もかかるのだけれど手入れを怠《おこた》ると竹藪《たけやぶ》になってしまうのだと、竹林を維持《いじ》する苦労を語った。

どんな話でもいちいち感心したようにヤマネさんがうなずく。

「ご存知《ぞんじ》かしら、竹の葉は春に新しい葉に入れ替《か》わること。黄葉した古い葉が掃《は》いても掃いてもキリがないほど降《ふ》ってきて地面が朽葉色《くちばいろ》になるほどよ」

相手が聞き上手なのでテルの口もなめらかになる。

「だから、竹落ち葉は夏の季語なのです」

ヤマネさんは、「そうなんですかー」と生徒のようにうなずく。

気分のいいテルは、直径二十センチはありそうな竹をなでながら、「これは幹《みき》のように見えるけれど、茎《くき》です。竹は茎が木質化《もくしつか》するのです」などと、すっかり教師《きょうし》の口調。

「やっぱり本物はちがいますわよねー」よく通る声でヤマネさんが言葉をはさんだ。

「臨場感《りんじょうかん》を出すにはやっぱり本物ですわよねー」と、ここでヤマネさんは少し顔を曇《くも》らせてみせた。

「でも、ＰＴＡの予算は限《かぎ》られてますしねー。お化け屋敷設営《やしきせつえい》のための資材《しざい》は廃品《はいひん》などを利用するしかないんです」

「よかったら、もっていかれれば」

本人にも思いがけない言葉が口からこぼれた。

「先日、学校の行事に保護者《ほごしゃ》の協力を要請《ようせい》する旨《むね》の手紙がとどきましたし、わたしもなにかご協力しなくてはと思っていたのよ」

手紙とは、タケナカ先生からのそれだった。

孫の寝食《しんしょく》の世話をしてやっているだけで十分だろう。だいたい、今さら三十代や四十代の若い親たちといっしょになってボランティアなんて冗談《じょうだん》じゃないと無視《むし》していたあの手紙だ。


テルの気が変わらないうちに、ということなのか、早くもその週末にはＰＴＡ役員の父母たちをひき連れてヤマネさんが竹を切り出しにやってきた。

あのケチなおばあさんがこんなに大量の竹の搬出《はんしゅつ》を許《ゆる》すなんて、と拓実《たくみ》が驚《おどろ》くほどの大盤《おおばん》ぶるまいだった。

8

教室に入ると、拓実《たくみ》の登校を待ちかねていたようにユイカとナツミが駆《か》けよってきた。

「さっき一年の子たちが来てね、これ、おにいちゃんにあげてください、だって」

ユイカが手にしたデパートの紙袋《かみぶくろ》の中には一ダースほどのサランラップの芯《しん》が入っていた。

「ラップの芯をもってきたってことは、輪投げグループの一員って自覚が生まれたってことよね」ユイカは瞳《ひとみ》の大きさを強調するように目を見はり、まつ毛をパタパタと上下させた。「これって、タクミくんがあの子たちのめんどうを見てくれたおかげ？」

小鳥のように小首をかしげたユイカに、「めんどうなんて見ていない」と拓実は心の中でつぶやいた。

自分はただ、あの子たちに合わせていただけ。だって、それしかできないから。

「ほんと、よく手なづけたよねー」

ナツミの遠慮《えんりょ》のない言い方を修正《しゅうせい》するように、

「やさしいからだよ、タクミくんが」とユイカが言った。

とろりと丸いユイカの声がなんだかウソっぽくって、やさしいなんて憶病《おくびょう》の裏返《うらがえ》しじゃないか、と拓実《たくみ》は心の中で言い返す。

「タクミくん、子ども好きだし、小学校の先生とか合ってそー」

「それ、いい。あと、幼稚園《ようちえん》の先生とか」

「最近、増《ふ》えてるもんね、男の先生って」

子ども好きとかやさしいとか……、みんな、ボクのこと、なにも知らないくせに。小さい子といると楽だから、はっきりいえば怖《こわ》くないから、それだけのことなのに。

「あいつらがあたしたちのこと『おねえさん』って呼《よ》ぶようになったのも、タクミくんのおかげってことですか」

「シライは『おじさん』って呼ばれてるけどね」

「あのキャラは子どもにはウケないって」

「まじオヤジくさいし」

ユイカとナツミがきゃらきゃらと笑い声をたてた。

「ワッチなんて騒《さわ》いでるだけでマジメにやんないから、一年、ひいてるし」

昼休み、ワッチは作業もせずにタナカ犬に芸を仕こんでいた。

「あの子たち、なんにも考えてないみたいだけど、見るところはちゃんと見てるよね」

きゃらきゃらのカケラをくちびるに残したまま、ユイカが声をひそめた。「タナカ弟も最近、ワッチに反抗的《はんこうてき》だし」

「一年にだってわかるっしょ。遊んでやってんじゃんとか言ってるけど、あれって、ビミョーにイジメだもん」

タナカくんの弟がペットの自分に懐疑的《かいぎてき》になっているのは拓実も気づいていた。でも、拓実は知らないフリをしていた。

あれからテルの元には、ヤマネさんから電話がちょくちょくかかってくるようになった。

電話の内容《ないよう》はお化け屋敷《やしき》の準備《じゅんび》の進捗状況《しんちょくじょうきょう》の報告《ほうこく》などで、資材《しざい》の提供者《ていきょうしゃ》であるテルはいつのまにか、お化け屋敷準備委員会の名誉《めいよ》会員というような立場となっているらしかった。

ＰＴＡ副会長という役職《やくしょく》に使命感をもっているヤマネさんにしてみれば、来年の七夕《たなばた》のときにまた学校に孟宗竹《もうそうちく》の寄付《きふ》をお願いしたい、との下心もあってのことだったが、テルは自分が尊重《そんちょう》されているようで、まんざらではなかった。

だからヤマネさんが、いつものように作業の進捗状況を説明したあとで、

「残った竹を使って流しそうめんをやりたいという案が出たのですが、よろしいでしょうか」と電話口でおうかがいをたてたときも、「どうぞどうぞ。好きに使ってくださってけっこうよ」とテルにしては珍《めずら》しくなんのクレームもつけなかったのだ。

ていねいにお礼を述《の》べたヤマネさんは、

「稲小祭《いなしょうさい》の当日はぜひご来場ください」
電話の最後につけ加えた。

稲小祭当日は曇《くも》り空の肌寒《はだざむ》い日だったが、学校は朝から生徒の家族や招待《しょうたい》された老人会の人たちでごった返していた。バザー会場となっている図書室などは人いきれで暑いほどだった。

拓実《たくみ》たち輪投げ班《はん》は交替《こうたい》で自分たちのコーナーの店番をしながら、その合間にほかのコーナーを回ったり、体育館の舞台《ぶたい》の父親たちによるオヤジバンドのコンサートとか老人会有志《ゆうし》の手品とかフラダンスとかのパフォーマンスを見物することになっていた。

拓実は一年生たちにまとわりつかれ、なぜかいっしょに図工室でスライムをつくらされる羽目になった。タナカ弟もいっしょだった。タナカ弟は、昨日、ワッチに噛《か》みついて、ペットを返上したのだ。

スライムの次にチビたちは、ジャンケンコーナーに行きたがった。ボクはキミたちの保護者《ほごしゃ》じゃないんだけど、と思いながら拓実《たくみ》は仕方なく一年生たちにつき合った。

ジャンケンゲームに参加しているのは低学年の子どもと幼児《ようじ》がほとんど。五年生は拓実だけだったので目立ってしまった。なのに、ジャンケンに勝って子どもたちに大人気の妖怪《ようかい》カードをもらってしまった。けっこうレアなカードだったので、「くれー、くれー」一年生たちが騒《さわ》いでいる。さらにまわりから注目を浴びてしまった。こいつらの仲間だと見られていると思うとすごく恥《は》ずかしかった。

「わかったから。ジャンケンで勝った子にあげるから」

カードをほしがるチビたちを制《せい》しながらジャンケンコーナーから逃《に》げるように抜《ぬ》け出した。玄関脇《げんかんわき》の昇降口《しょうこうぐち》まで退避《たいひ》したところでレアカード争奪《そうだつ》ジャンケン大会が始まってしまった。さいしょはグー！　などとやたら盛《も》り上がっているチビたちのかたわらで、なんだかなーと思いながら外を眺《なが》めていたら、スクランブル交差点のようにたくさんの人が行きかう校庭に知っている顔があった。

オイカワくん……。

オイカワの視線《しせん》はこっちを向いていたが、拓実を見ているようでもまったく見ていないようでもあった。

いつものオイカワだった。なのに、なんだかずいぶんひさしぶりな気がした。ここしばらく学校中が稲小祭《いなしょうさい》の準備《じゅんび》に忙殺《ぼうさつ》され、オイカワの噂《うわさ》も影《かげ》をひそめていたからだろうと拓実は思った。

オイカワのくちびるがかすかにゆるんだ。

笑われた、一年なんかとつるんでるから。

拓実の頬《ほお》と耳がじんわりほてっていく。

だから、オイカワが笑みをうすくくちびるにのせたままこっちに近づいてきたとき、拓実はあわてた。本気で隠《かく》れようかと思ったくらいだ。

オイカワはカーゴパンツのポケットをまさぐり、「これ、やる」と拓実に向かって手をつき出した。

オイカワの手の中にあったのは、屋台の食券《しょっけん》だった。綿《わた》あめ・おしるこ・焼きそば・

ホットドッグと全部の食券《しょっけん》がそろっていた。

拓実《たくみ》は、食券とオイカワを何度も見比《みくら》べてしまった。一年生たちは、プレミアつきバトルカードを見せられたように目玉をまん丸にした。

「校長先生にもらったけど、もういらないから」

あ、ありがとう。

びっくりしすぎて、棒読《ぼうよ》みになってしまった。

オイカワが口角を上げた。ヒトを小馬鹿《こばか》にするようないつものへらへら笑いではない、やわらかな笑顔だった。けれど、どこかが、例えば瞳《ひとみ》の一か所は凍《こお》っているような、そんな笑顔だった。

オイカワは笑顔の残像《ざんぞう》を残して、拓実たちに背《せ》を向けた。

だれ。あのヒト、だれ。

ヒヨコがいっせいにクチバシを開いたように一年生たちが騒《さわ》ぎ始めた。

拓実は、「ともだち……」と言いかけて口ごもった。なんでそんなふうに言いそうになったのかよくわからなかった。

オイカワにもらった食券で交換《こうかん》した食べ物の分配でまたチビたちの間にひと悶着《もんちゃく》あったけれど、拓実はなんとかその難問《なんもん》（おしるこをどう分けるかが最大の難関だった）をクリアした。一年生たちと分け合って食べた綿《わた》あめとおしるここと焼きそばとホットドッグはなんの変哲《へんてつ》もない屋台の食べ物だったけど、拓実にはなんだか特別な味がした。

輪投げのコーナーに戻《もど》ると、シライくんとワッチが店番をしているところだった。拓実にまとわりついているチビたちをちらっと見たワッチが、「なつかれてんじゃん」と言った。気のせいか、ワッチの声はなんだかひんやりと冷たい。

ワッチはすっと拓実から視線《しせん》をそらし、昨日まで自分のペットのはずだったタナカ弟を鋭《するど》い目つきで威嚇《いかく》した。驚《おどろ》くべきことに、タナカ弟はメンチを切り返した。

もしかして、タナカ弟のこの強気にボクがからんでいると渡部《わたべ》くんは勘《かん》ぐっているんじゃないか。

拓実の胸《むね》のうちに、気泡《きほう》のように小さな不安がわいた。が、その泡《あわ》は、

「お化け屋敷《やしき》、行ったか」というシライくんの声に吹《ふ》きとばされた。

シライくんはいつになくハイテンションだった。

首を横にふった拓実《たくみ》に、「行かなきゃ」シライくんは断言《だんげん》した。

「オレも、最初は、ＰＴＡのお化け屋敷なんてどーせちゃちいんだろうってナメてかかってたけどさ、親たち、本気だぞ」

「本気？」

「竹ヤブから次々出てくんだよ、首のないのとか血だらけのとか。オレ、ダッシュで走りぬけようとしてユーレイの足踏《ふ》んじゃって追っかけられてちょーヤバかった」

一年生が拓実のトレーナーの裾《すそ》をぎゅっと握《にぎ》りしめた。

「あと、受付の着物のバアさんとか、まじ妖怪《ようかい》っぽいし。お化け屋敷、すっげえ人気で行列ができてる」

どうやらシライくんははしゃいでいるらしかったが、拓実は嫌《いや》な予感がした。着物のバアさんに思いあたることがあったのだ。

お化け屋敷の会場になっている音楽室に向かう拓実のあとをチビたちがついてきた。音楽室はＢ校舎《こうしゃ》の二階だが、一階の階段《かいだん》から長い列が続いていた。シライくんの言ってたことは誇張《こちょう》ではないようだった。

列の横を二段ぬかしで駆《か》け上がった拓実は、わが目を疑《うたが》った。

ボランティアは嫌《きら》いだと言ってたのに……。

「いっしょに入場できるのは二人までです」「こら、そこの子ども。前の入場者が出てくるまで待ちなさい」などと、お化け屋敷の入り口で子どもたちをさばいていたのは祖《そ》母《ぼ》だった。

少し遅《おく》れて階段を上ってきたチビたちが拓実の後ろから恐々《こわごわ》、和服の老婦人《ろうふじん》を盗《ぬす》み見ている。いつもの外出用の着物姿《すがた》に、砂《すな》かけババアみたいなザンバラ髪《がみ》のカツラを頭にのせているだけなのに、祖母はその全身からただならぬオーラを発しているのだ。

「ぜひご来場ください」と言った張本人《ちょうほんにん》のヤマネさんは気が気ではなかった。

町内の住民と子どもたちの交流の様子をじっさいに見てもらい、学校行事は地域《ちいき》に貢《こう》献《けん》しているということを理解《りかい》してもらえれば上々。あとは、屋台のおしるこでもふるまって孟宗竹提供者《もうそうちくていきょうしゃ》をねぎらうという心づもりだったからだ。

だから、老婦人《ろうふじん》のほうからなにか手伝うと言われたときには驚《おどろ》くよりも困惑《こんわく》してしまった。気位の高いこの老婦人に、幽霊《ゆうれい》やお化けになって子どもたちを驚かす役なんてやらせるわけにはいかない。

受付をやってもらうというのは苦肉の策《さく》だった。和服のままでも問題はなかったのだが、一応《いちおう》それらしく仮装《かそう》してもらうということで、ドンキで購入《こうにゅう》したカツラをおそるおそるさし出したら、あっさりとかぶってくれた。灰色《はいいろ》の蓬髪《ほうはつ》の老婦人は予想外にお化け屋敷《やしき》にフィットしてしまい、子どもたちの間で「砂《すな》かけババアがいた」などという噂《うわさ》が流れているらしい。機嫌《きげん》をそこねるような失礼なことが起きてしまっては大変だ。

老婦人が受付の席に座《すわ》ってまだ一時間も経《た》ってはいなかったが、ヤマネさんはここらが潮時《しおどき》と判断《はんだん》した。

「お手伝いありがとうございます。準備室《じゅんびしつ》にお茶の用意をしてありますから、どうぞ、どうぞ、そちらへ」

準備室とは音楽室の隣《となり》の部屋のことで、お化け屋敷準備委員会の保護者《ほごしゃ》たちの楽屋と荷物置き場をかねていた。壁《かべ》ひとつへだてた音楽室からは魑魅魍魎《ちみもうりょう》のあげるうなり声や子どもたちの悲鳴や、ときには泣き声が聞こえてくる。

準備室では、ちょうど役を交代したばかりのお化けや幽霊たちがメイクを直したり水分の補給《ほきゅう》をしたりしていた。

テルには興味《きょうみ》深い風景であった。

プレーヤーたちがみんな汗《あせ》びっしょりなところを見ると、音楽室の中は暑いのか。いや、暗幕《あんまく》で密閉《みっぺい》されているところに人がひしめいているのだから蒸し風呂《むぶろ》に決まっている。けっこうなハードワークなのだろう。素人《しろうと》のお化け屋敷とバカにしたもんじゃない。親たちはみんな真剣《しんけん》だ。こういうことはじっさい見てみないことにはわからないものだ。

などと考えをめぐらせていたテルの目が、荷物置き場となっている机《つくえ》の上にとまった。

几帳面《きちょうめん》なテルは自分の手さげを他人の荷物の上にほっぽりなげるような真似《まね》はしない。違和感《いわかん》をおぼえ、手さげを手にとる。中を確《たし》かめてみる。

「おかしいわねー、財布《さいふ》が見あたらないのだけど……」

テルのこのつぶやきが、学校中をゆるがす騒動《そうどう》のはじまりとなった。

9

なくなっていたのはテルの財布《さいふ》だけだった。

たびたびの盗難事件《とうなんじけん》で、学校に不要な金をもってこないようにという校長からのお達しは保護者《ほごしゃ》の間に浸透《しんとう》していた。そんな事情《じじょう》を知らないテルは、帰りに駅前のデパートで買い物をするつもりで一万円札を二枚、財布に入れていたのだ。

誰《だれ》もが同じ顔を思い浮《う》かべたそのとき、

「あいつがいた！」メイクが汗《あせ》で流れて不気味感が倍増《ばいぞう》しているお岩さんが叫《さけ》んだ。

「さっき、オイカワが、そこの廊下《ろうか》をうろついていたのよ」

その瞬間《しゅんかん》、それは、その場にいた全員の確信《かくしん》となった。

「でも、どうやって入ったんだろ。準備室《じゅんびしつ》の入り口のドアって、中からカギをかけてたはずでしょ」

「音楽室からこっちに入ったとか」

「それしかないね」

音楽室と準備室《じゅんびしつ》はドアでつながっているのだ。

「お化け屋敷《やしき》のお客のフリして堂々と？　大胆《だいたん》にもほどがあるな」

「ドアのいちばん近くにいたのって誰《だれ》？」

「私《わたし》」口が耳まで裂《さ》けた化け猫《ねこ》が手をあげた。「ごめん。全然気がつかなかった」

化け猫が申し訳《わけ》なさそうにうなだれた。

「仕方ないって」

「そうよ。暗幕張《あんまくは》ってあるんだし、暗くってこっちも手探《てさぐ》り状態《じょうたい》なんだから」

「みなさん」ヤマネさんの毅然《きぜん》とした声が準備室に響《ひび》き渡《わた》った。「私は校長先生にこのことをお伝えしてきます。みなさんは、とにかく、あの子を探《さが》してください」

準備室がにわかに騒然《そうぜん》となった。

「ちょっと、コスプレのまま出ちゃだめよ」「子どもたちがびっくりするって」「誰か、フッーのカッコしてるヒト！」「音響効果係《おんきょうこうかかか》りのおとうさんを呼《よ》んできて」数名の父親がドアからとび出していった。「まだそこらにいるんじゃないか」窓《まど》から下をのぞきこむ父親もいる。

バタバタ走りまわるお化け屋敷準備委員会の人たちを、テルは呆然《ぼうぜん》と眺《なが》めていた。

「カードとか財布《さいふ》に入っていましたか」

ひとつ目の大入道が耳のそばでなにか言っている。

「入っていたなら、すぐ銀行に連絡《れんらく》したほうがいいです」

それでテルはやっとなにが起きたのかを理解《りかい》したのだ。

連絡を受けた校長先生はただちに全職員《ぜんしょくいん》を招集《しょうしゅう》した。間《ま》が悪いことにオイカワの担《たん》任《にん》の男性教師《だんせいきょうし》は研修《けんしゅう》の名目で地方に出張中《しゅっちょうちゅう》だった。

校長は腹《はら》をくくった。

先生たちに学校中を探《さが》すよう指示《しじ》を出したが、オイカワの姿《すがた》はどこにもない。オイカワらしき子どもが駅方面に向かって歩いていったという情報《じょうほう》を得て教師《きょうし》を二人、駅に走らせたが見つけることはできなかった。

なんで、こんなときに。

校長先生の胃《い》に痛《いた》みが走った。この不祥事《ふしょうじ》で、学校をあげてとり組んでいた児童と地域《ちいき》の人々との交流をはかる行事が台なしになってしまったじゃないか。

しかし、校長の胃をきりきりさせている最大の要因《よういん》は、自分がある決断《けつだん》をせざるをえない状況《じょうきょう》に追いこまれたことにあった。

先月、修学《しゅうがく》旅行の写真代がなくなる、という事件《じけん》が起きた。度重なる盗難《とうなん》事件に緊急《きんきゅう》の六年生保護者会《ほごしゃかい》が召集《しょうしゅう》された。その場の話し合いで校長は、「今度、こういうことがあったら、警察《けいさつ》を呼《よ》ぶしかありません」という苦渋《くじゅう》の選択《せんたく》をし、保護者たちの承諾《しょうだく》をとっていたのだ。

ついに、警察が介入《かいにゅう》することになってしまった。

校長室に招《まね》き入れられたテルを立ち上がって迎《むか》えた三人の男のうちの一人が警官《けいかん》だったことにテルは驚《おどろ》かされた。

あとの二人の男たちは、テルにはどちらもはじめて見る顔だった。

白髪《はくはつ》でやせぎすの校長先生は、かわいそうなくらいやつれて見えた。

このたびのことは本当に申し訳《わけ》なく思っております。すべてはわたくしの監督《かんとく》不行きとどきで……などと謝罪《しゃざい》の言葉を重ねる校長の横で、四十代後半かと思える恰幅《かっぷく》のいいＰＴＡ会長は校長の言葉に合わせて何度も頭を下げていた。

ふだんは仕事が忙《いそが》しく学校行事には会社が休みの日しか顔を出せないＰＴＡ会長は、よりによって自分が出てきたときに盗難事件が勃発《ぼっぱつ》し、しかも、被害《ひがい》にあったのが孟宗竹《もうそうちく》を寄付《きふ》してくれた老婦人《ろうふじん》だったことに狼狽《ろうばい》していた。

「現金《げんきん》はいくらですか」

謝罪が終わるのを待ちかまえていたように警察官がテルに質問《しつもん》を始めた。

刻々《こくこく》と進む状況《じょうきょう》に、さすがのテルもショックを受けていた。思考がからまった糸のようにもつれていて、警官《けいかん》の質問《しつもん》を聞いていなかった。

「財布《さいふ》の、中には、いくらぐらい、入ってたの」

眉《まゆ》が太く顔の輪郭《りんかく》の角ばった中年の警官が声のボリュームを上げた。

なんだその耳の遠い老女に対するような物言いは。

テルは不愉快《ふゆかい》だったが、ここはとりあえず冷静になろうと胸《むね》に手を当て、

「二万円と小銭《こぜに》が少しです」と穏当《おんとう》にこたえた。

「二万と小銭」警官が手帳《てちょう》に書きこむ。

「現金《げんきん》のほかの財布の中味についてお聞きしてもいいですか」「中味って、入れておいたもののこと?」「そうです」「それは、えーと……銀行のカードと……」「銀行には連絡《れんらく》しましたか」「しました。引き落としはされていませんでした」「それはよかった」

テルの片眉《かたまゆ》がはねた。「よくないでしょ。連絡した先は東京とかの遠隔地《えんかくち》なんですよ。電話代もバカにならないし、再《さい》発行にもお金がかかるのよ」「そうですね。大変ですね」

「大変なんてもんじゃないわよ」「それから？」「えっ？」「財布の中味です」「あとは、えーと、保険証《ほけんしょう》の写しとデパートのポイントカードと……」おしまいまで聞かず、「で」と警官はせかすように言った。「財布はどんなのですか」「印伝ですけど」「インデンて、そういうブランドなの？」「印伝というのは鹿《しか》のなめし革《がわ》に漆《うるし》づけをする技《ぎ》法《ほう》のことで」「はいはい」警官はテルの説明を流した。「じゃあ、カタカナでいいですね」

「インデン」と、警官がメモをとる。

「で、二つに折れるタイプ？　長財布？」「二つに折れるほう」「色は？」「黒地に三角波です」

「さんかくは」と平仮名でメモる。

「値段《ねだん》は？」「はぁ」「だからね、その財布の値段」

警官の知りたいことは金目のものの総額《そうがく》なのだ、ということがテルにもわかってくる。だから、保険証の写しなどはどうでもいいのだろう。

「これからはあまり大金をもち歩かないほうがいいですね」

なんなの、この警官《けいかん》は。まるでこっちの過失《かしつ》みたいに。こっちは被害者《ひがいしゃ》なのよ。

しかし、テルがそれを口にする前に、警官は手さげの提出《ていしゅつ》を求めてきた。犯人《はんにん》の指紋《しもん》をとるという名目だった。

「ビニールとかならいいんだけど革《かわ》だと指紋がつきにくいんですよ。可能性《かのうせい》は低いですけど」と警官は断《ことわ》り、「出たらご連絡《れんらく》します」と事務的《じむてき》に言った。

それでテルへの聴取《ちょうしゅ》はひとまず終わりということらしかった。

現場《げんば》近辺にいた子どもを見たという人たちからも話が聞きたい、という警官の要請《ようせい》で、PTA副会長のヤマネさんとお岩さん役の保護者《ほごしゃ》が校長室に呼《よ》ばれた。

ヤマネさんは自責《じせき》の念にかられていた。

梶原《かじわら》さんが受付に座《すわ》っていたのは一時間ほど。その短い間に事は起きてしまった。休憩室《きゅうけいしつ》を無人にしていたのも痛《いた》いミスだ。いや、その前に、なぜ私《わたし》は梶原さんに受付なんかたのんでしまったのだろう、と。

メイクを落として着替《きが》えをすませていたお岩さんは若くて素顔《すがお》がかわいい母親だったが、事情《じじょう》聴取という体験に興奮《こうふん》しているのか頰《ほお》が上気していた。

警官は、廊下《ろうか》をうろうろしていた子どもを見た、ということの確認《かくにん》から入っていった。

「身体《からだ》つきとか服装《ふくそう》とかは？」「小柄《こがら》よね」「上はトレーナーだったんじゃないかな」「下は？」「さぁ、そこまでは……」「何年生かわかりますか」「わかります。六年生です」「知っている子どもなんですか」「ええ。目立ってますから」お岩さんが副会長に目配せをした。「じゃあ、名前もわかります？」「わかります。オイカワです。名前は、ヒデアキ……だったかしら、どういう漢字かまではわかりませんけど」

校長室のソファに身体を預《あず》けて、ヤマネさんとお岩さんと警官のやりとりをテルはぼんやりと聞いていた。

もちろんテルは大いに立腹《りっぷく》していたのだが、学校の対応《たいおう》の速さに怒《いか》りを爆発《ばくはつ》させる時機を失してしまっていたのだ。まさか、こんなに早く学校が警察《けいさつ》を呼ぶとは予想していなかったから。

そのうえ、警官《けいかん》に事情聴取《じじょうちょうしゅ》されたり調書というモノに署名《しょめい》したり左の人差し指で拇印《ぼいん》を押《お》したりという、慣《な》れない、いや、これまでの人生ではありえなかったことをさせられて、さすがのテルも疲労感《ひろうかん》が怒《いか》りを上まわってしまっていた。

「その子がやったと断定《だんてい》はできませんけど、以前からちょっと問題になってた子なんです」などと言いながらも、ヤマネさんたちは、犯人《はんにん》はオイカワ、と断定しているようだった。

一方、財布《さいふ》がなくなったと知らせを受けるやいなや職員《しょくいん》たちをオイカワ探索《たんさく》に走らせたはずの校長は、

「こういう問題はそう決めてかかっちゃいけない問題なんですけれどね。こういうことにならなけりゃいいと思っていた矢先にこうでしょ。いままでもさんざん注意していて、またこういうことが起こってしまって」などと歯切れが悪い。

これまでの経緯《けいい》からして、やったのはオイカワと確信《かくしん》しながらも、校長は『オイカワ』という名前は決して口にしなかった。

「こちらも確《たし》かな証拠《しょうこ》がないことには動けないわけですから、またなにかわかりましたら連絡《れんらく》してください」と言って警官は退室《たいしつ》した。

まったく、なんてことだろう。このわたしがこんなメにあうなんて。

テルは、学校なんかにのこのこ出かけてこんなバカなめにあってしまった自分が苦々しかった。調子のいいPTA副会長にのせられたと思うと腹《はら》が立った。

しかし、怒《いか》りを表出するにもエネルギーがいる。疲《つか》れ切っていたテルは、ソファに沈《しず》みこんでしまうほど身体《からだ》が重かった。言いたいことは山ほどあったが、事件《じけん》の経過《けいか》を逐《ちく》次《じ》連絡するよう校長に念を押すだけで精一杯《せいいっぱい》だった。

校長室でそんなことが起きているなんてことは夢《ゆめ》にも知らず、校内のあちこちでは各コーナーの撤収《てっしゅう》作業が始まり、体育館では最後に登場したオヤジバンドがアンコールの曲目を演奏《えんそう》する時間となっていた。

アンコールのレット・イット・ビーまでつき合ったユイカとナツミが遅《おく》れて五年二組

のゲームセンターに戻《もど》ってみると、ちらかった輪投げコーナーを拓実《たくみ》が片《かた》づけていた。二人を驚《おどろ》かせたのは、あの一年男子たちが拓実といっしょにまめまめしく働いていることだった。

「うっそー。あんたたち、お手伝いしてんの」

「えらいじゃん」

二人が同時に声をあげた。

「ちこく！」「ちこく！」

遅《おく》れてきた二人に向かって、一年男子たちがいっせいにわめいた。

「なにこいつら、えらいってホメてやってんのに」と、ナツミが鼻にシワをよせた。

「こいつら、じゃねーよ」「おせーよ」「はやくそーじしろよ、おばさん」

「だれがおばさんよ」と言い返したユイカに、おばさんコールの嵐《あらし》が襲《おそ》いかかった。

「うるせーよ、チビ」

ナツミが怒鳴《どな》った。

「んだよ、ばばぁ」

「くそガキ」

「ぶーす」

「さーる」

ナツミと一年男子たちが、しょーもない単語を投げ合っている。

脱力《だつりょく》するほど頭の悪い言葉の応酬《おうしゅう》がなんだか心地よいＢＧＭのようで、拓実の頬《ほお》が自然とほころんでくる。いまにも肩《かた》を震《ふる》わせて笑ってしまいそうになって、拓実はあわてて『わなげや』の看板《かんばん》を分解《ぶんかい》する手に力をこめた。

「てゆーか、リーダーとワッチは？」

一年と同じレベルでわめき合っていたナツミが急にまじめな顔つきになった。

「あいつら、サボる気なんじゃない」

「あんたたち、リーダー見なかった？」

「リーダーってだれだよ」

「おじちゃんのことじゃね」

「オレ、みてねー」

「オレもー」

チビたちのあっけらかんとした声が拓実《たくみ》の心をくすぐる。

胸《むね》の中に広がっていく陽《ひ》だまりのような暖《あたた》かさに、拓実はとまどっていた。自分の胸にわいてくるあったかいものにうろたえて、むやみに忙《いそが》しく手足を動かし続けた。

オイカワくんに食券《しょっけん》をもらっちゃったり、おばあさんがお化け屋敷《やしき》で受付をしてたり、一年生とスライムつくったり、なんだか今日はヘンな日だった。てゅーか、楽しかった。

そうか、ボクは、楽しかったんだ。

それが、楽しいという気もちだということを、拓実はおずおずと認《みと》めた。

10

稲小祭翌日《いなしょうさいよくじつ》の月曜日は代休だった。

その日、拓実《たくみ》は一日家にいた。祖母《そぼ》の具合がよくなかったからだ。

昨日、ふわふわと軽い足どりで拓実が学校から帰ると、祖母が寝室《しんしつ》で横になっていた。几帳面《きちょうめん》な祖母には珍《めずら》しく、着替《きが》えた着物がそこらに脱《ぬ》ぎちらかされたままだった。

祖母の顔は、数時間前にお化け屋敷《やしき》の入り口で異界《いかい》への案内人のオーラをまきちらしていたヒトとは別人のように老けこんでいた。目尻《めじり》や目の下や口のまわりのシワが深くなっているような気がした。

大儀《たいぎ》そうに上半身を起こした祖母から盗難事件《とうなんじけん》のことを知らされた。

オイカワくんが……。

風船に針《はり》で穴《あな》をあけられたように、浮《う》きたっていた気分がしゅるしゅる抜《ぬ》けていった。

しかも、祖母《そぼ》の話から推察《すいさつ》すると、オイカワが食券《しょっけん》をくれたのは祖母の手さげから財《さい》布《ふ》を盗《と》った直後のことなのだ。

「これ、やる」

拓実《たくみ》の耳に、食券をさし出したときのオイカワの声がよみがえった。あのときの笑顔の残像《ざんぞう》を拓実ははっきりおぼえていた。なにかの間違《まちが》いじゃないかと口から出そうになったが、言えなかった。祖母が眉根《まゆね》にシワをよせ、二度も同じ子どもにやられるなんて、と悔《くや》しそうに吐《は》き捨《す》てたからだ。

オイカワの笑顔が歪《ゆが》んでいった。

あのとき、オイカワくんは、校長先生にもらったけどもういらない、って言ってた。それって、もしかして、もっといいものが手に入ったのでこんなものはもういらなくなった、って意味だったのか。

「おまえが来るまで、こんなことは起きなかった。おまえが来てからロクなことがない」

祖母はいつもながらの理不尽《りふじん》な言葉を拓実にぶつけてきたが、その声にはいつもの張《は》りがなかった。

拓実は祖母の八つ当たりには慣《な》れていた。だから、八つ当たりよりも、祖母の生彩《せいさい》のなさのほうが気になった。

拓実の知っている祖母は、怒《おこ》っているときにはもっと生き生きしているものなのだ。それに、八つ当たりのときに必ず出てくるはずの、「まったくいつになったらおまえの母親は迎《むか》えに来るんだろう」というセリフも出てこない。

不安気に見つめる拓実に、

「ちょっと疲《つか》れただけだから」

息のような声をもらし、祖母はゼンマイの切れそうなブリキ人形みたいにぎくしゃくと布団《ふとん》に横になった。

そのまま目を閉じた祖母の顔は白っぽかった。

夕食の支度《したく》をする時間になっても祖母《そぼ》は起きてこなかった。家事全般《ぜんぱん》自分でやらないと気がすまない祖母なので、拓実《たくみ》は心配だった。

おばあさんはお昼を食べたのかな。お腹《なか》すいているんじゃないのかな。

余計《よけい》なことを、と怒《おこ》られるかもしれないと思いながらも、拓実は朝の残りのご飯でおかゆをつくった。

茶碗《ちゃわん》の中の糊《のり》のかたまりのようなおかゆをしばらくしかめっ面でにらんでいた祖母は、蓮華《れんげ》を手にとってひと口すすり、「まずい」と言った。それはいつもの祖母の口調だった。拓実はちょっと安心し、席をはずした。自分が見ていたら食べにくいだろうと思ったのだ。

お盆《ぼん》をさげに行ったとき、祖母はなにか言いたそうにくちびるを動かしたが、結局なにも言わなかった。おかゆは半分ほどに減《へ》っていた。

それから拓実は自分のために、ずっと食べたいと思っていた、ケチャップでまっ赤なオムライスをつくった。

ひとりの食卓《しょくたく》は、箸《はし》の上げ下げを監視《かんし》されながら食べるいつもの夕食よりも気楽だったけれど、味のほうは期待していたほどおいしくはない。

拓実は、いつのまにか自分の舌《した》が祖母のつくるうす味の和食に慣《な》れてしまっていたことを知った。


代休の月曜日の朝、拓実はご飯を炊《た》いて味噌汁《みそしる》をつくった。味噌汁の具は豆腐《とうふ》とワカメ。冷蔵庫《れいぞうこ》にあった煮物《にもの》の残りが副菜だった。洗《あら》い物をして洗濯機《せんたくき》をまわし洗濯物を干《ほ》したあとは、テレビもつけずゲームもせず、うつらうつらしている祖母の邪魔《じゃま》にならないよう本を読んで過《す》ごしていた。

だから、玄関《げんかん》で電話が鳴ったとき、拓実は心臓《しんぞう》が止まりそうになった。

電話はユイカからだった。

「ナツミたちと下町に遊びに行くんだけど、タクミくんも来ない」

なんで、ボク?

どうして自分が誘《さそ》われるのかわからない。なにかウラがあるんじゃないか。

ユイカは外にいるらしく、受話器からはナツミのほかにも聞きおぼえのある複数《ふくすう》のざわめきが聞こえてくる。それでピンときた。昨日の事件《じけん》がもう生徒たちの間に伝わっている、と。

みんなは知りたいんだ。

みんなの好奇心《こうきしん》を満足させるために拓実《たくみ》にお呼《よ》びがかかる、つまり、これもオイカワ効果《こうか》。

「おばあさんの具合が悪くて……今日は出かけられないんだ」

断《ことわ》る理由として『祖母《そぼ》の体調』は最強だったし、それにウソではない。昨日より顔色はよくなったものの、朝食のあと、祖母は部屋から出てこない。

「そぉなんだぁ」失望気味の声。それでもいちおう、「じゃあ、お大事にっ」ユイカはかわいく声のトーンを上げてみせた。

これでもう電話はかかってこないだろうと思っていたら、午後になってすぐ今度は玄《げん》関《かん》の呼び鈴《りん》が鳴った。

玄関の引き戸を開けると、ＰＴＡ副会長のヤマネさんが立っていた。

「おかげんが悪いと聞いたので」

ヤマネさんは祖母の見舞《みま》いに来たと告げた。

副会長はＣＩＡか。

拓実はヤマネさんの情報網《じょうほうもう》に舌《した》を巻《ま》いた。


「わたしはね、ご近所の方々とはあまり深くおつき合いをしない主義《しゅぎ》なのよ。だから、オイカワとかいう子については坂の下の長屋に住んでいるということくらいしか知らないの。オイカワという子の家はいったいどういうご家庭なのかしら」

居間《いま》の襖越《ふすまご》しに拓実は聞き耳をたてていた。祖母の言いようはいつにもまして尊大《そんだい》だった。

「子だくさんというくらいで、私《わたし》も詳《くわ》しいことは……」

「わからないのね」

ぴしゃりと祖母《そぼ》が言った。

ヤマネさんのこめかみがぴくりと動いた。

PTAを牛耳《ぎゅうじ》っているヤマネさんに「わからない」は禁句《きんく》だった。ヤマネさんには副会長としての自負がある。学校や町内のことでわからないことがあってはならないのだ。

「あの家には母親と、下は乳児《にゅうじ》から上は中学生までの子ども七人が住んでいます」

ヤマネさんの口調は、ニュースを読み上げるアナウンサーのようによどみなかった。

「子どもが七人……」

「いえ、もう一人、高校を中退《ちゅうたい》した長男がいますね。暴力団《ぼうりょくだん》の下部構成員《こうせいいん》らしいという噂《うわさ》があります。あくまで噂ですが」

目玉が落ちそうな勢《いきお》いで、祖母が目をむいた。

「中三の次男も札つきの不良で、万引きや傷害《しょうがい》でたびたび補導《ほどう》されているようです。長屋の近所に空《から》っぽの財布《さいふ》が落ちているのはいまに始まったことじゃないし、オイカワのアレも次男の影響《えいきょう》があるんでしょうね」

ニュースを読み上げる口調が少しずつ早くなっていく。

「そういうウチなんですよ。次男も中学を卒業したら長男と同じような道に入ることになるんじゃないかしら」

そこで、ヤマネさんはぎゅっとくちびるを結んだ。

失言だ。私《わたし》としたことが、つい興奮《こうふん》してしまった。

ヤマネさんは、感情《かんじょう》をニュートラルに口調をスローに修正《しゅうせい》する。

「上の二人がそんなものだから、兄妹みんな色眼鏡《いろめがね》で見られてますけど、中一の長女なんかはまっ当ですよ。家事をやらない母親のかわりに弟や妹のめんどうを見ているみたいですから」

けれど、やっぱり、家庭があれでは長女もこの先どうなることやら……と心の中でつけ加えずにいられない。

「弟や妹っていうのは、ウチに上がりこんだあの小さな子たち？」

「ええ。オイカワの下には三年生の弟と二年生の妹がいます。年子ですね。その下に、四、五歳《さい》くらいかしら、男の子。幼稚園《ようちえん》にも保育園にも行かせていないようで確《たし》かな年《ねん》齢《れい》は不明ですけど。それから、今年、赤ちゃんを産んでます」

「ちょっと待って」祖母《そぼ》が声を割《わ》りこませた。「母子家庭じゃなかったの」

「父親らしき人物はどこか別のところに住んでいてときどき通ってくるらしいという噂《うわさ》です。あくまで噂で確証《かくしょう》はありませんが」

「な、なんなのそれは」

「だから、これはあくまで噂です」

「めちゃくちゃにもほどがある！」

声の大きさに拓実《たくみ》は驚《おどろ》かされたが、思ったよりも大きな声が出てしまったことに祖母《そぼ》本人も驚いていた。

はぁぁ。

全身から空気がもれていくようなため息をついたきり、祖母が黙《だま》りこんだ。

謹厳《きんげん》な老婦人《ろうふじん》にはかなりの衝撃《しょうげき》だったらしい。衝撃の波がひいていくのを待つように
ヤマネさんも口を閉じた。

「それで」

会話のとぎれた静寂《せいじゃく》を最初にやぶったのは祖母だった。

「母親はどうやって七人もの子どもを育てているの」

「それだけ子どもがいれば生活保護《ほご》と児童手当で十分暮《く》らしていけるんです、ふつうならば……」

ヤマネさんはあいまいに言葉を切った。

いくら世間でおおっぴらに流布《るふ》している事実でも、他人のプライベートを、いや、はっきり言ってヒトの家の恥《はじ》をぺらぺらしゃべってしまっていいものか。

不自然にあいた間《ま》。

老婦人が視線《しせん》で続きをうながした。

「でも、あの家の場合、生活は苦しいんじゃないでしょうか」ためらいがちにヤマネさ

んは言った。「近隣《きんりん》の人たちから借金《しゃっきん》をしまくっているようですし」

「……」

「五千円とか、まぁそんな金額《きんがく》のようですけどね。でも、返してもらっていない方がずいぶんいますね。中には、もうあきらめたっておっしゃっている方もいますし……」ヤマネさんは苦笑してみせた。「まぁ、返ってこないとわかっていても、子どもが熱を出したのにお金がなくて医者に連れていけない、とか泣きつかれたら、ふつうの人間だったらお金を出しちゃいますよね」

「だって、あなた」あらがうような声だった。「生活保護《ほご》と児童手当で十分暮《く》らしていけるって」

「ですから、生活保護が支給《しきゅう》されても……」

ここまでしゃべってしまったのにいまさらためらってどうする。ヤマネさんは開き直った。

「つまりですね、生活保護などが支給されると男が……子どもたちの父親と目される男が、その、お金目当てに長屋に現《あらわ》れるんです」

拓実《たくみ》には、祖母《そぼ》が息を飲んだのがわかった。


なんてでたらめな。

ヤマネさんが帰ったあともテルは腹《はら》が煮《に》えて仕方がなかった。ふつふつとわいてくる怒《いか》りで脳《のう》が活性化《かっせいか》し、なんだか体調が回復《かいふく》したような気がするくらいだった。

こういう連中には下手に関わらないほうがいい。それはわかっているけれど、このままではわたしの腹がおさまらない。


憤懣《ふんまん》やるかたない祖母の怒りが学校に向けられていたころ、稲小《いなしょう》の校長室では、「昨日、音楽準備室《じゅんびしつ》で財布《さいふ》がなくなるという事件《じけん》がありました」と校長先生が切り出していた。

「いま、警察《けいさつ》が、盗《ぬす》まれた財布が入っていた手さげの指紋《しもん》を調べています。警察から、キミの指紋《しもん》が出た、なんて報《しら》せが入ったら先生も切ないから」

校長先生はオイカワの顔をまっすぐに見つめた。

「やったのなら正直に言いなさい」

オイカワはあっさり白状《はくじょう》した。金は全部使ってしまい財布《さいふ》は学校の裏《うら》の崖《がけ》に捨《す》てた、と。

校長先生は悲しかった。

修学《しゅうがく》旅行の写真代の入った財布を盗《ぬす》んで財布だけをトイレのタンクに捨てようとしたところを見つかったときは、「もうしません」と悔悛《かいしゅん》したはずなのに、あれから一か月もたたないうちに……。

胃《い》が痛《いた》い。

それでも校長先生は痛みをおし、オイカワを伴《ともな》って財布を捨てたという崖に向かった。

そこは細い私道沿《ぞ》いの深さ十メートルほどの崖で、斜面《しゃめん》は崖にへばりつくようにして根をはっている樹木《じゅもく》から落ちた葉で埋《う》まっていた。

財布を捨てた場所を訊《たず》ねると、オイカワは、「たぶん、あのへん」と崖の下を指さした。

めんどうなところに捨ててくれたもんだと心の中でため息をつきながら校長先生が片《かた》足《あし》を崖に下ろしてみると、沼地《ぬまち》に踏《ふ》みこんだように靴《くつ》がズボッともぐってしまった。落ち葉が何層《なんそう》にも積み重なり、下のほうは腐葉土《ふようど》になっているのだろう。足場の危《あや》うい斜面を革靴《かわぐつ》で下りるのは無理だ。

「靴を替《か》えてくるから、ちょっとここで待ってなさい」

校長先生は学校にとってかえした。

長靴に履《は》き替えるなら、この際《さい》、体操服《たいそうふく》に着替《きが》えてしまったほうが動きやすいと校長先生は考えた。どうしても今日中に財布を見つけたかったのだ。

スーツをジャージに着替えながら、こんなことをしている間にきっとあの子は逃《に》げてしまっているだろうと校長先生は思ったが、戻《もど》ってみると、オイカワはさっきと同じ場所にぼーっとつっ立って自分を待っていた。

この子はまわりが言うほど悪い子ではないんだ、と校長先生は自分に言い聞かせた。

長靴《ながぐつ》の底が落ち葉といっしょにずるずる滑《すべ》る。滑って尻《しり》もちをついた校長先生を崖《がけ》の上からオイカワが笑って見ている。

「笑い事じゃないだろ。キミもいっしょに探《さが》すんだよ」

オイカワはへらりとした笑みを口元に張《は》りつけたまま、崖を滑り降《お》りてきた。

それから二人は陽《ひ》が暮《く》れるまで崖のあちこちをほじくり返したが、財布《さいふ》は見つからなかった。

残念だが今日中に財布を見つけるのはあきらめるしかない。

オイカワをひとまず家に帰し、校長先生は学校に戻《もど》った。

胃《い》には間断《かんだん》なく鈍《にぶ》い痛《いた》みが走っていた。これから、オイカワが犯行《はんこう》を自供《じきょう》したことを伝えるために警察《けいさつ》に連絡《れんらく》を入れなければならないのだ。

その日の夕方、テルのもとにも校長から電話がかかってきた。

このときはじめてテルに『オイカワ』という名を明言した校長先生の声は憔悴《しょうすい》していた。

11

連休明けの火曜日。拓実《たくみ》はクラスメートたちからお化け屋敷《やしき》の盗難事件《とうなんじけん》について質問《しつもん》攻《ぜ》めにあっていた。

といっても、祖母《そぼ》の財布《さいふ》が盗《ぬす》まれたこと、警察《けいさつ》が来たこと、オイカワがやった（らしい）ことはすでにみんなが知っていることだったから、拓実はそれを追認《ついにん》するだけで、クラスメートが期待していたような新事実が出てきたわけではない。

拓実はヤマネさんと祖母とのやりとりには触《ふ》れなかった。洗《あら》いざらいしゃべったらウケることはわかっていたが話さなかった。ヤマネさんが、「あくまで噂《うわさ》です」を連発していたからではない。ただ、しゃべりたくなかったのだ。

新しい情報《じょうほう》が出てこないことに落胆《らくたん》したクラスメートたちの興味《きょうみ》は、オイカワがこれからどうなるかに移《うつ》っていった。

「あんなヤツ、刑務所《けいむしょ》に入れちゃえばいいのに」

誰《だれ》かがそう言ったのが聞こえた。

「オイカワくんはそんなに悪いひとじゃない」

拓実は口を滑《すべ》らした。あわてて言葉を飲みこんだが、遅《おそ》かった。

「なに、その、いいヒト発言」

ワッチが細く目をすがめてこっちを見ていた。「なつかれてんじゃん」と言われたときと同じ冷ややかな目つきだった。

拓実の心臓《しんぞう》がぎゅうときしんだ。

ボクは油断《ゆだん》していた。チビたちがボクになついている、それをワッチがおもしろく思っていないことを感じていながら。

「あ、いや、そんなに悪いヤツには思えないってことで……」

拓実は笑顔をつくろうとしたが、顔がこわばってうまく笑えない。

落ちつけ。おたおたするな。ヒトは臭《にお》いに敏感《びんかん》なんだ。びびったら、ボクの本性《ほんしょう》が嗅《か》ぎつけられてしまう。

幸いにして、このとき、拓実《たくみ》の発言を聞きとがめたのはワッチだけだった。

「小学生は刑務所《けいむしょ》には行かないんじゃないか」とシライくんが疑問《ぎもん》を呈《てい》したからだ。

「じゃあ、どこに行くんだよ」

「少年院じゃない」

「ちげーよ。十四歳《さい》未満はなんか施設《しせつ》に入れられるんだって」

「なんかって?」

「どこだよ、なんかって」

クラスメートたちの興味《きょうみ》は、犯罪《はんざい》を犯《おか》した小学生はどこに送られるのか、に集中していたが、拓実は生きた心地がしなかった。

ただただ早く時間が過《す》ぎてくれることだけを祈《いの》った。授業中《じゅぎょうちゅう》は上《うわ》の空《そら》だった。給食のときは、ユイカやナツミが話しかけてきても適当《てきとう》に相槌《あいづち》を打つだけでなにも聞いてはいなかった。帰りのホームルームがいつもの何倍も長く思えた。

「ただいま」も言わず、帰宅《きたく》するなり部屋にこもってしまった拓実に、「どいつもこいつも」テルは心の中でつぶやいた。

テルは苛立《いらだ》っていた。

朝から外出もせずに学校からの連絡《れんらく》を待っていたのに、電話はコトリとも動かなかったのだ。

昨日、「財布《さいふ》が見つかり次第ご連絡いたします」とか言ってたくせに、校長はいったいなにをやってるの。

業《ごう》を煮《に》やしたテルは学校に電話を入れた。

電話に出た事務《じむ》の女性《じょせい》に、校長に用があるとテルは告げた。オイカワの担任《たんにん》が出張《しゅっちょう》中《ちゅう》なので、直接《ちょくせつ》校長を呼《よ》び出すことにためらいがない。

「校長はただいま病院に行っております。戻《もど》る時間はわかりかねます」

女性《じょせい》の声は素《そ》っ気なかった。

「では教頭先生にかわってちょうだい」

イライラとテルが要求すると、

「教頭は授業中《じゅぎょうちゅう》です」という声が返ってきた。

出張中《しゅっちょうちゅう》の担任《たんにん》のかわりに教頭がオイカワのクラスに詰《つ》めているとのことだった。

「どいつもこいつも」

もう一度、今度は声に出してテルは言った。

水曜日の朝、拓実《たくみ》は頭が痛《いた》いと訴《うった》えた。

祖母《そぼ》は至極《しごく》あっさり、風邪《かぜ》でもひいたんだろうと言った。

風邪ではないが、頭が痛いのは本当だった。

ワッチのあれは前兆《ぜんちょう》だ。オレさまのワッチは人望があるってわけじゃないけど友だちは多い。ワッチが拓実をハブにしようと思えば、みんな簡単《かんたん》にのってくるだろう。

祖母は学校に病欠の連絡《れんらく》を入れてくれたが、それはどう見ても、財布《さいふ》の件《けん》を校長に催促《さいそく》するついで、という感じだった。

水曜日は朝から雨が降《ふ》っていた。「この雨では崖《がけ》を下りるのはちょっと……」などと校長は難色《なんしょく》をしめしたが、祖母におし切られ、放課後になったらオイカワを連れて現場《げんば》に出向くと約束した。しかし昼ごろから雨は本降りとなり、結局、財布の捜索《そうさく》は明日に延期《えんき》ということになってしまった。

拓実は木曜日も学校に行かなかった。祖母は木曜日の午後も校長に電話をした。校長は、オイカワと母親が警察《けいさつ》に呼《よ》ばれた、などの理由で財布の捜索ができなかったと電話の向こうで平身低頭しているらしかった。

雨にぬれて印伝の財布が使い物にならなくなってたら弁償《べんしょう》してもらえるのかとか、財布の中のカードがどうなっているのか、もしなくなってたら再《さい》発行しなくちゃならないんだからとにかく早く探《さが》し出せとか、だいたい経過《けいか》は逐次報告《ちくじほうこく》すると約束したくせに連絡を怠《おこた》っているじゃないかとか、受話器に向かってまくし立てる祖母は溌剌《はつらつ》として活気があった。

　夕方、電話が鳴った。

　夕食の支度《したく》で手が離《はな》せない祖母《そぼ》の代わりに拓実《たくみ》が受話器をとった。

「タクミくん？」

　拓実は身がまえた。

「よかったー。電話、出られるんだー」

　風邪《かぜ》どう、とか、ナツミも心配してるしー、とか、ユイカの声は不自然なほど明るい。

　なんのつもりだ。逃《に》げたボクの様子を探《さぐ》っているのか。

「給食のとき、ウチの班《はん》、静かすぎちゃってー。今日はワッチもいなかったし」

「渡部《わたべ》くんが」

　おもわず聞き返していた。

「うん。昨日、ちょっとあって」

ユイカが意味ありげに声をひそめた。

拓実の胸《むね》がざわついた。

「昨日の昼休みにね、輪投げ班の一年たちがクラスに来たの。タクミくんに会いに」

心臓《しんぞう》をつかまれた気がした。

「でも、タクミくん、休みだったでしょ。そしたら、ワッチが、タナカ犬じゃんとか言いながら出てきて。ほら、昨日、雨だったじゃない。だから、あいつ、ちょうど教室にいたわけ。で、タナカの弟にちょっかいを出し始めたの。お手とか、おすわりとかっていつものやつ。弟が嫌《いや》がってんのに、ワッチ、すごくしつこくて。ほかの一年が怖《こわ》がって逃《に》げてったら、なんか余計《よけい》ムキんなっちゃって、なんか無理やりプロレスの技《わざ》とかかけて弟泣かせちゃって」

それがどうしたっていうんだ。わざわざ電話で知らせるようなことなのか。タナカくんの弟が泣いたのがボクのせいとでも言いたいのか。

「そしたら、教室の後ろのほうでガタンって椅子《いす》が倒《たお》れる音がして、なにかと思ったら、タナカがわーっとかわめきながらものすごい勢《いきお》いで走ってきてワッチに体当たりしたの。タナカ、弱いけど、でもデブだから体当たりされると意外に威力《いりょく》があったみたい。ワッチ、廊下《ろうか》の壁《かべ》まで吹《ふ》っとばされて頭ぶつけちゃったし。それで、タケナカ先生を呼《よ》びに行ったりして、もう大騒《おおさわ》ぎになっちゃって」

ボクのせいじゃない。ボクには関係ない。

「念のためにタケナカ先生がワッチを病院に連れてったけど、たいしたことなかったみたい。今日休んだのは、タナカに当てつけなんじゃない」

ユイカはおもしろがっているようだった。

「それより、タナカ、急にどうしちゃったんだろね。てゆーか、明日、ワッチが学校にきたら、タナカ、どうすんだろね」

ボクは逃《に》げたけど、タナカくんは逃げなかったんだ。

電話が切れたあとも、拓実《たくみ》は受話器を握《にぎ》ったままその場につっ立っていた。足が床《ゆか》にめりこんでしまったように動けなかった。

祖母《そぼ》が台所から顔を出して、誰《だれ》からの電話だったのかとたずねた。

拓実は弾《はじ》かれたように受話器を置き、「クラスの女子です」とこたえた。声がちょっと震《ふる》えてしまった。

なんの用だったのかと、祖母は重ねて聞いた。

「ボクが学校を休んでいたとき、一年生が、ボクに会いに来た、って教えてくれただけです」

それだけだ、タナカ弟がプロレス技《わざ》をかけられて泣いたことも、タナカ兄がワッチに体当たりしたことも、ワッチが頭をぶつけたことも、自分には関係ない。

祖母は黙《だま》って拓実の顔を見下ろしていた。拓実よりも背丈《せたけ》があるので見下ろされるのはいつものことだったが、こんなふうに無言で見つめられると、小言を言われているときの何倍もの威圧感《いあつかん》があって、拓実は目をそらすことができなかった。祖母の瞳《ひとみ》は老人特有のガラス玉のように色素《しきそ》のうすい球体だったけれど、ガラス玉の中心には強い光があって、その光になにもかもが照らし出されてしまうような気がした。皮膚《ひふ》は水気がなくて、目尻《めじり》や口のまわりにも無数のシワがあるけれど、顔のゆるみが少ないので顔つきは精悍《せいかん》だった。

そんなことは前からわかっていたことだけど、このヒトは最強なんだ、と拓実《たくみ》はあらためて思う。

祖母《そぼ》が、ついと顎《あご》を上げた。

「明日は学校に行きなさい」

厳《きび》しい声だった。

「えっ」

「えっ、じゃないだろ。その一年生は、おまえに会いに来たんだろ」

祖母は拓実を一喝《いっかつ》すると、腰《こし》に手を当てて背筋《せすじ》をのばした。シャキーンと音がしそうだった。

「おまえがいなかったら、その子はがっかりするじゃないか。会いに来る者がいるのに、おまえがそこにいなくてどうするんだ」

12

「見つかりました」

校長の声は弾《はず》んでいた。

財布《さいふ》が見つかったとテルが連絡《れんらく》を受けたのは、オイカワが「やった」と白状《はくじょう》してから五日目のことだった。

テルはすぐに学校に向かった。校長室にはすでに警官《けいかん》が二人到着《とうちゃく》していた。そのうちの一人は稲小祭《いなしょうさい》のときに、「女の人の場合は財布《さいふ》をポケットに入れておくってわけにもいかないですからね、くれぐれも注意してくださいよ。とにかく、なるべく大金はもち歩かないように」という説教でテルをムッとさせた眉《まゆ》の太い角ばった顔、もう一人は初対面の若い警官だった。

太眉《ふとまゆ》の警官《けいかん》の隣《となり》に、やせたサルのような子どもが立っていた。それがオイカワだった。うす汚《よご》れたジャージを着たうすい胸《むね》と細い手足の貧相《ひんそう》な少年に、テルは内心驚《おどろ》いていた。以前、オイカワ兄妹に家の中を荒《あ》らされたときは下の弟と妹しか見ていなかったテルは、もっとふてぶてしい面がまえの悪童を想像《そうぞう》していたのだ。

所在《しょざい》なげにつっ立っているオイカワに、

「あやまんなさい。すいませんでした、って」と校長がうながした。

オイカワはモゴモゴと口を動かした。「すいません」と言っているようなのだが、口元がにへら~とゆがんでいる。笑っているのだ。

テルはまじまじとオイカワの顔を見つめてしまった。

「なんだ、ちゃんと挨拶《あいさつ》もできないのか」校長は困《こま》ったように眉を下げ、「さっき教えただろ。このたびは大変ご迷惑《めいわく》をおかけしました、もうしませんって、ちゃんと言いなさい」とオイカワの頭に手を当てた。

オイカワは押《お》されるままに頭を下げ、校長が教えた通りに、「このたびは……」と復《ふく》唱《しょう》し始めた。

少年は上目でテルを見ているようで見ていない。その眼《め》はどことも焦点《しょうてん》を結んでいない。

この子はふざけているのか、それとも頭が悪いのか。

テルは得体のしれないうす気味悪さを感じていた。背筋《せすじ》が虫でもはっているようにぞわぞわする。泣くとか反抗《はんこう》するとかならまだしも、なんなのだ、このなにを考えているのかわからないような不気味さは。

「財布《さいふ》の中味を確《たし》かめてもらってもいいですか」

警官の声にテルは我《われ》に返った。少年のつかみどころのなさに、怒《おこ》る気もちはそがれていた。

オイカワは教頭につきそわれて教室に戻《もど》り、テルは太眉の警官の立会いのもとに財布の中味を検《あらた》めることになった。

財布は水がしみこんでもう使い物にはならないが、鹿《しか》の革《かわ》は銀行のカードとデパートのポイントカードと保険証《ほけんしょう》の写しを守ってくれていた。

若いほうの警官《けいかん》が見つかった物のリストを書類に記入している間、校長は晴れやかな声で、「いやー。探《さが》し物をしていてこんなにうれしかったのは野球部で球ひろいをやらされて最後の一球が見つかったとき以来ですよ」とか「医者に止められてなかったら一服したい気分だなー」などとしゃべり続けていた。

テルに毎日のようにせっつかれていた財布《さいふ》が見つかって、よほどうれしかったのだろう。書類を書いていた若い警官が、「ホッチキスを貸《か》していただけますか」とたずねると、「どうぞどうぞ。文房具《ぶんぼうぐ》ならなんでもありますよ。ここは学校ですから」なんて軽口までとび出すほどだった。

書類の作成が終わって拇印《ぼいん》を押《お》したテルは、財布とその中味を受けとった。若い警官がアタッシュケースのような頑丈《がんじょう》そうな鞄《かばん》に書類をしまった。ころあいを見はからったように、事務《じむ》の女性《じょせい》がお茶を運んできた。

湯呑《ゆの》みから立ちのぼる湯気が校長室の空気をやわらげていく。

お茶は安物の番茶だったけれど、喉《のど》から食道へとしみていく暖《あたた》かい液体《えきたい》に、テルはほうっと息をついた。

「あとは、現金《げんきん》を返してもらわないとねー」

ひと息ついたのはテルだけではなかったようで、それまでしかめっ面で業務を遂行《すいこう》していた太眉《ふとまゆ》の警官の声もやわらかい。くだけた口調が『町のおまわりさん』の気安さをかもし出している。

「その点は、校長先生が話をつけてくださることになっています」

同意を求めるようにテルは校長を見た。

「二、三日中には返しなさいよ分割《ぶんかつ》でもいいから、と母親には言ってあるんですけどね、どうも二、三日を足し算じゃなくて掛《か》け算だと思ってるらしくて」

校長が冗談《じょうだん》を言った。

ちっともおもしろくない冗談だったが、テルはお愛想で少し口角をゆるめてやった。

いつになく高い校長のテンションは、日曜日から今日までストレスにさらされ続けた反動なんだろうと同情《どうじょう》したからだ。

「あの母親もぼんやりしてんだか投げやりなんだか、困《こま》ったもんだよな」

太眉《ふとまゆ》の言葉に、若い警官《けいかん》が相槌《あいづち》を打った。

「あの子、つい最近も近所のコンビニで万引きして通報《つうほう》されてますけど、母親はもうあきらめたような感じでしたね」

「万引きって、それいつのことですか」

校長が腰《こし》を浮《う》かせた。

「二十日ほど前……でしたよね」

確《たし》かめるように先輩《せんぱい》に視線《しせん》をやった若い警官に、太眉がうなずいた。

校長が胃《い》をかばうように身をかがめた。胃に鈍痛《どんつう》が走ったのだ。

修学《しゅうがく》旅行の写真代を盗《ぬす》んだことが発覚し「もうしません」と言ったその舌《した》の根も乾《かわ》かないうちに、オイカワは近所のコンビニで万引きして警察に通報されていた。それは、校長の知らなかった事実だった。

「し、知りませんでした」

打ちのめされ肩《かた》を落とした校長先生を不憫《ふびん》に思ったのだろう、

「知らなかったことは学校の落ち度じゃないですから。最近は、仕返しを恐《おそ》れて被害《ひがい》を学校に報《しら》せない店も多いんですよ」

太眉がフォローしたが、裏切《うらぎ》られっぱなしの校長には慰《なぐさ》めにもならない。

くたびれた革張《かわば》りのソファにズブズブとめりこんでいきそうな校長をひっぱり上げるように、オイカワが財布《さいふ》を捨《す》てた場所を現場検証《げんばけんしょう》したいので案内をお願いしたい、と言って太眉が立ち上がった。

テルは被害者として当然の権利《けんり》だとばかりに同行を希望した。

「あの子が崖《がけ》に投げたと言うものだから、それまでは下ばかりを探《さが》していたんですけどね。今日は視点《してん》を変えて上を見ながらこの道を登ってみたんです」

学校の裏手にあたる高台の細い階段《かいだん》を登りながら校長が警官に説明している。

「そしたら、財布《さいふ》がそこにひっかかっているのを発見しましてね」

階段《かいだん》のピークを校長が指さした。そこには、視界《しかい》をふさぐほど葉の密生《みっせい》した枝《えだ》が広がっていた。崖《がけ》の斜面《しゃめん》にしがみつくように根を張《は》っているシイの大木だった。

「あの子は、ここからこうやって下手で投げたとジェスチャーつきでやってみせたんです」

「崖の底に投げたつもりが枝にひっかかっていた。本人はそれに気がつかなかった、と」

若い警官《けいかん》が頭上に目をやった。

「本人も焦《あせ》っていたんでしょうね、あれで悪いことをしている自覚はあるから」

「あればいいいんだけどねー」

太眉《ふとまゆ》が遠い目をした。

「あります。あの子は世間が言うほど悪いヤツじゃないんです。おまえがやったのか、って聞けば白状《はくじょう》する子なんですよ」

まったく、この校長はひとがいいんだかなんだか……。テルはあきれてしまったが、

「ホントに悪いヤツはシラを切り通すからなー。まぁ、それよりはマシかもしれんということで」と、太眉は消極的に校長の意見を支持《しじ》してくれた。

「稲小《いなしょう》の校長先生ですよね」

そのとき、背後《はいご》で声がした。

四人がふり向くと、道をはさんで崖の反対側に建っている古い家から中年の女性《じょせい》が姿《すがた》を現《あらわ》した。

「そうですが」

校長が答えると、そのオバサンはここで会ったが百年目、胸《むね》の中にためこんでいたものをすべて吐《は》き出す勢《いきお》いで、この崖沿《ぞ》いの道はウチの私道なんだけどおたくの小学校の生徒が近道代わりにここを通るので困《こま》っているのだとまくし立てた。

「通るなって注意すると、ひどい言葉で言い返すんですよ。もっとひどいのになると、家に石をぶつけるんだから」

オバサンが、ほらそこ、と指さした窓《まど》ガラスには蜘蛛《くも》の巣のようなヒビが走っていた。

ガムテープで応急処置《おうきゅうしょち》されたガラス窓《まど》をつきつけられては、「すみません。本当にすみません」としか校長も言うべき言葉がない。

校長は大変だ。

ひたすら平謝《ひらあやま》りの校長に、テルは同情《どうじょう》してしまった。

しかし一度放出してしまったオバサンの怒《いか》りは、校長があやまったくらいではそう簡《かん》単《たん》におさまらないらしく、学校への糾弾《きゅうだん》はいつ果てるともしれない。

若い警官《けいかん》が、ここは先輩《せんぱい》お願いします、というような視線《しせん》を太眉《ふとまゆ》に送った。

「ここ、私道なの？　だったら看板《かんばん》立てるとか、柵《さく》をつくるとかしなくっちゃ。子どもってのは、こーゆうところを通るものなんだから。俺《おれ》もそうだったけどさ」

警官は、町のおまわりさんのひとなつっこい笑顔を前面に押《お》したてて仲裁《ちゅうさい》を試みたが、

「なんでウチが柵なんて、そんな余計《よけい》なお金をかけなきゃなんないのよ」

オバサンはおまわりさんにも鬱憤《うっぷん》をぶつけ始めた。

警官も大変だ。テルは同情を禁《きん》じ得ない。

「あたしはねー、もうずっと我慢《がまん》してたのよ。大きな声で騒《さわ》ぐわ崖《がけ》で遊ぶわ、もうるさくってえらい迷惑《めいわく》だったのに、おばあさんが甘《あま》い顔をするもんだから」

「ずっと、ってどのくらい？」

太眉の警官は笑みを絶《た》やさない。

「だから。ウチのおばあさんが生きてるころからですよ。おばあさんが死んでからは、ここを通るなって、あたしゃ毎日言ってんの。なのに、ちっとも聞かないんだよ。おばあさんが甘やかしたもんだから、子どもがつけあがっちゃったのよ」

それは、もしかして……。

ふと、テルは思った。

そのおばあさんという人は子どもたちがこの道を通ることを楽しみにしていたんじゃないのか。

その瞬間《しゅんかん》、テルの心がざわめいた。

拓実《たくみ》が来るまでは、毎日が凪《な》いだ水面《みなも》のように静かで平穏《へいおん》な日々だった。ひとり暮《ぐ》らしはときどき寂《さび》しくもあったけれど、ほかの人間と暮らすことのわずらわしさに比《くら》べたら、寂しいなんてとるに足らぬ感情《かんじょう》だった。

いや。ちがう。誰《だれ》かといっしょにいて感じる寂しさに比べたら、ひとりの寂しさなんてどうってことはなかったのだ。

実の子どもたちですらわたしを厭《いと》う。いったいなにがいけなかったんだろう。あんなに一生懸命《けんめい》育てたのに。愛した人間に嫌《きら》われる、あんな苦しいことはない。あんな思いはもうごめんんだ。あんな思いをするくらいなら、ひとりのほうがまし。少なくとも、こんなに心を乱《みだ》されることはない。

だから、拓実を預《あず》かることになったとき、わたしは怖《こわ》かった。子どもと暮らすことに自信がなかった。

情《なさけ》をかけなければいい。わたしはそう思った。自分の思い通りにならない者に思い入れをするから苦しむのだ。

拓実が学校に行かなかろうがほうっておけばいい。どうせいつかは娘《むすめ》が迎《むか》えに来るのだから。

なのに、やっぱり、拓実が来てから静かだった日々に雑音《ざつおん》が混《ま》じり始め、雑音は日を追って騒《さわ》がしさを増《ま》し、結局、こんなことにまで巻《ま》きこまれてしまった。迷惑《めいわく》だったし、イライラさせられて腹《はら》も立った。なにより疲《つか》れた。

でも、いまになってみると、あれもそれほど悪くはなかったような気がしてくる。

もしかしたら、それなりに楽しかったのかもしれない。このウチのおばあさんがこの道を子どもたちが通ることを楽しみにしていたように。

13

金曜日、拓実《たくみ》は学校に行った。

クラスのみんなはいつもと同じように騒《さわ》いだり笑ったりしていたけれど、教室にはそこはかと緊張感《きんちょうかん》が漂《ただよ》っていた。ワッチは病院によってから学校に来るらしいとみんなが噂《うわさ》していた。

頭に包帯を巻《ま》いたワッチは三時間目のとちゅう、母親に連れられて登校してきた。タケナカ先生はいつもの百倍くらい大げさで、タナカくんは痛《いた》ましいくらいにおびえていた。

あとは、いつスイッチが押《お》されるか、それだけだった。

給食の時間、シライくんとユイカとナツミはワッチに気を使い、ワッチは拓実によそよそしかった。

拓実はたんたんと給食を食べ、昼休みは校庭に出て一年の男子たちとタカオニをして遊んだ。

昼休みが終わって教室に戻《もど》ると、前の席のワッチがふり向いて、

「ガキ、手なずけるのうまいからって、なんかいい気になってない」と言った。

ワッチの言う通り、自分はいい気になっていたのかもしれないと拓実は思った。いままでがうまくいきすぎたから。オイカワ効果《こうか》を利用して五年二組にもぐりこみ、曲がりなりにもここまでこれたもんだから。

「そうかも」と拓実はうなずいた。

だからもう、このままいい気になっていよう。ボクに会いに来てくれるヒトがいる間は。

いままでみたいにうまくはいかないと思うけど、そのときはそのときだ。そのときに

なったら、また、おばあさんに聞けばいい。

財布《さいふ》が戻《もど》ってきてからも、たびたびテルは校長室を訪《たず》ねていた。

テルが校長に会いに行く用件《ようけん》はもちろん、盗《と》られた二万はいつ返ってくるのか、である。

「身内の弁護士《べんごし》にも聞いてみたんですけど、当然、親には賠償責任《ばいしょうせきにん》というものがあり、それが学校内の犯行《はんこう》なら学校にも責任の一端《いったん》があるということでした」などとシビアな話題をくり出すテル。忙《いそが》しい合間をぬって応対《おうたい》する校長。はたから見たらそういう構図《こうず》になるけれど、もしかしたら、テルのほうが校長の話し相手をしていたのかもしれない。

この老婦人《ろうふじん》にはとんでもない場面をすべて見られている。いまさら隠《かく》し事をする仲でもない。そう開き直ったのか、この前の検査《けんさ》で胃《い》の組織《そしき》をとったとか、食事は少量ずつ何回かに分けないと食べられないとか、胃の具合が悪くなったのは稲小《いなしょう》に赴任《ふにん》してからとか、校長はプライベートなことを打ち明けるようになっていた。

テルはテルで、あと一年ちょっとの定年までこのヒトはもつのだろうか、なんてことを考えながら校長の愚痴《ぐち》につき合っていた。

「ここだけの話ですが……」と校長先生は釘《くぎ》を刺《さ》してから、「オイカワはあの二万円でゲームをしたり弟妹たちにお菓子《かし》を買ったりして使ってしまったということになっているのですが、実は……」と声を落とした。

「さすがに二万円は使い切れず、残ったお金は、ひろった、と中学生の姉に渡《わた》していたんです。姉はその金を、やはりひろったと言って母親に渡したらしいんですが、母親はそれで米を買ってしまったんですね」

校長は弱々しく笑いながらため息をついた。

「あんたねー、なんでそういうことするの。ひろったものは交番にとどけなくちゃダメでしょう、って言ったんですけどね、母親に」

校長は学校のトップである。校長は弱音を吐《は》いてはいけない。まして生徒の保護者《ほごしや》に。

けれど、誰《だれ》かに話さずにはいられなかった。自分ではどうにもできない不条理《ふじょうり》を誰かと共有することで、ストレスを多少なりとも発散したかった。

テルはテルで、米を買ってしまったという話に、あきれるを通りこして笑ってしまいそうになる。そんな自分に、謹厳《きんげん》なもう一人の自分が眉《まゆ》をひそめているのを感じながら、世の中にはまぁこういうこともときにはあるわけで、などとよくわからない言い訳《わけ》をしたりしている。

「学校に警察《けいさつ》を入れたときも悩《なや》みました。悩んで悩んで、胃《い》がねじられるくらいに悩んで、じっさい、激痛《げきつう》が走りました」

校長がいちばん気を使うのは保護者《ほごしゃ》の反応《はんのう》だということはテルにだってよくわかる。

「あれはあれでよかったんじゃないかしら。わたしの知っている範囲《はんい》では批判《ひはん》する声はなかったように思いますよ」

テルは校長が安心するようなコメントを述《の》べた。テルの知っている範囲とはＰＴＡ副会長のヤマネさんだけだったが。

「僕《ぼく》にも反省すべき点はあるんです。余罪《よざい》、と言いますか、あの子が学校の外でやっていたことの全貌《ぜんぼう》をつかんでいなかったわけですから」

校長は悲しそうに目をふせる。

「万引きされても、小さな店だと学校はおろか親にも言わないところがあるそうです。親に言うと、反対に店の悪口言われたりして客が減《へ》っちゃうのを心配して。大きいスーパーでも一回目は注意するだけ。二回目になると警察を呼《よ》ぶそうですが、学校にも知らせてほしいとたのんでも、店側は黙《だま》っているんです。そういうわけで、学校は蚊帳《かや》の外。母親たちが知っているような情報《じょうほう》も学校は知らないということになってしまって。だから、あれから僕も独自《どくじ》に調べたんですよ。それで、オイカワ兄弟は近所のコンビニでは窃盗《せっとう》ブラザーズとして有名だということをはじめて知りました」

校長は額《ひたい》に苦悩《くのう》の色を浮《う》かべていたが、そんな校長の口から「窃盗ブラザーズ」なんて言葉が出てくると、不謹慎《ふきんしん》ながらテルは吹《ふ》き出してしまい、そんな自分に驚《おどろ》いてしまうのだ。

「治らないかもしれないけど、でも、見放したら、このままあの子が中学に入っちゃったら、もう指導《しどう》できないですしね。いまならなんとか、治らないまでもなにかできるかもしれないし」

校長にしてはヒトがよすぎるが、この人物はいいヤツだ。それは認《みと》める。しかし、それとこれとは別、とテルは首をふる。

校長も苦労が多く、その点に関しては気の毒に思う。でも、二万円を返してもらうため、校長にはなにがなんでもオイカワの母親と話をつけてもらわなくてはならない、と。

祖母《そぼ》は口がかたい。もとより校長室での会話を他人に漏《も》らすつもりもない。余計《よけい》なことをペラペラしゃべる人間は品性《ひんせい》に欠けるというのが祖母の考えだ。

しかし、坂の下の長屋に住んでいる一家及《およ》びそれをとり巻《ま》く人々にはつっこみどころがありすぎた。彼《かれ》らは祖母の常識《じょうしき》を遥《はる》かに超《こ》えていたものだから、思うところ言いたいことがいっぱいありすぎて、祖母は黙《だま》っていられなかった。

だから、夕食で拓実《たくみ》と二人、向かいあっていたりすると、ついつい、口からこぼれ出てしまう。この話題を共有できる身近な人間は拓実しかいなかったからだ。

「オイカワの母親ってのもどうしようもないらしいねぇ」

祖母は、いまだに謝罪《しゃざい》にも現《あらわ》れないオイカワの母親に特に手厳《てきび》しかった。

「知らない財布《さいふ》とかが家の中に落ちていたら、ふつうの親なら、どうしたのコレ、ぐらいは聞くもんだろ。なのに、あの母親ときたら、なんでもかんでも『気がつかなくて〜』だそうなの。母親ってのは、筆箱《ふでばこ》の中に知らない鉛筆《えんぴつ》が一本混《ま》ざっていても気がつかなきゃいけないのに」

祖母はきっと、知らない鉛筆に気がつく人間なんだろうと拓実は思う。

「校長先生も本気でなにかできると思ってるのかねぇ。校長先生だけじゃないよ。この町内の人間も甘《あま》いと言うかヒトがよすぎるというか。子どもが熱を出したんだけど病院に行く金がない、なんて、まぁよくもみんな同じ手にひっかかるもんだわねぇ。返すはずのない相手と知ってながら貸《か》すなんてどうかしている。わたしなら、絶対《ぜったい》貸さない」

祖母《そぼ》はきっと、二万円をとり返すだろうと拓実《たくみ》は思う。

祖母のしゃべることは、オイカワ一家は悪である、という前提《ぜんてい》に立っていたため、拓実はいつも曖昧《あいまい》な表情《ひょうじょう》でこれを聞いていた。祖母の主張《しゅちょう》には承服《しょうふく》しかねたのだ。

なのに、おかしなことに、拓実は最近、祖母と面と向かって食事していても前のように気づまりではなかった。

これまで、食事中の祖母は箸《はし》の上げ下げなどにことのほか口うるさかった。テレビを見ながら食事するのも、もちろんご法度《はっと》。ときどき祖母の叱責《しっせき》がとぶ以外、二人の食事は私語厳禁《げんきん》の標語《ひょうご》が天井《てんじょう》からぶら下がっているように静粛《せいしゅく》で、拓実はひたすら黙々《もくもく》と口を動かしていたのだ。

どうしたんだろう。ごはんを食べながらペラペラしゃべるのは行儀《ぎょうぎ》が悪いと言っていたのはおばあさんなのに。それが最近、おばあさんはずいぶんおしゃべりになった。

おばあさんは変わった。

拓実はこれまで祖母のことをきつく編《あ》みこまれた強固な織物《おりもの》みたいなヒトだと思って

いた。それが最近、織物の編《あ》み目がところどころゆるくなってきた気がするのだ。
でも、拓実は、そんな祖母が嫌《いや》ではなかった。

14

吐《は》く息が白い。

雲ひとつない快晴《かいせい》でも一月は寒い。太陽のぬくもりがとどかぬベンチにじっと座《すわ》っているとなれば、なおさら寒い。

ナイター用の銀色の照明塔《とう》や緑の芝《しば》が、朝日を跳《は》ね返してキラキラ輝《かがや》いている。が、拓実《たくみ》の座っているベンチの背後《はいご》はシイやカシなどの常緑樹《じょうりょくじゅ》が陽射《ひざ》しをさえぎってうす暗い。バックネットから一塁側《るいがわ》のフェンスに沿《そ》って植えられた樹木は夏であれば涼《すず》しい木陰《こかげ》となるのだろうが、この季節では極寒の日陰だ。

だからといって、母親たちが陣《じん》どっている陽の当たる三塁側のベンチ、あっちには絶《ぜっ》対《たい》座りたくない。さっき、「あの梶原《かじわら》さんとこのタクミくん」とヤマネさんに紹介《しょうかい》されたとき、水に落とした墨《すみ》の一滴《てき》のように、すーっと母親たちの間にアイコンタクトが広がっていった。みんな、祖母《そぼ》がオイカワにお金を盗《と》られたことを知っている。あれこれ聞かれるのはわずらわしい。

きびきびと整列する。声をそろえて挨拶《あいさつ》する。しゃぁ！　バッターボックスに入るたびに選手がほえる。コーチの鋭《するど》い声。母親たちの甲高《かんだか》い声援《せいえん》。ぼてぼてのゴロ。全力疾《しっ》走《そう》。舞《ま》いあがる土ぼこり。ナイファイ！

ナイファイって。当たりそこないのゴロでベースに頭からつっこむって。こーゆうの、ボクには、ちょっと無理。てゆーか、ボクはなんでせっかくの休日に、息まで固まりそうな日陰で震《ふる》えながら、こんなものを見ていなくちゃならないんだ。

学校が始まったら、いきなり現実《げんじつ》が押《お》しよせてきた。いまになってみれば、あの冬休みがなつかしい。

学校が冬休みに入ったのを待ちかねていたように、祖母は大掃除《おおそうじ》を開始した。

家中の障子《しょうじ》の張《は》り替《か》えやら天井《てんじょう》の煤払《すすはら》いやらが体力的にきつくなっていた祖母《そぼ》は、年々、師走《しわす》の大掃除《おおそうじ》を縮小《しゅくしょう》する傾向《けいこう》にあったのだが、若い労働力を得てひさしぶりに攻《せ》めに転じたのだ。掃除に燃《も》える祖母に、拓実《たくみ》はうんざりするほどこき使われた。

いよいよ歳《とし》の瀬《せ》も押《お》しつまると忙《いそが》しさもピークとなった。ひとり暮《ぐ》らしになってからは手をぬいていたお節《せち》づくりも、今年は二人で迎《むか》える正月なのだからと、祖母は攻めの態勢《たいせい》を崩《くず》さなかった。ここでも、食材の買い出しのお供《とも》に始まり、野菜の皮むきやらきんとん用のサツマイモの裏《うら》ごしやら、拓実は重宝《ちょうほう》な助手だった。

拓実にとっての救いは、追い立てられるように働いている間はなにも考えずにいられることだった。祖母も、大掃除やお節や正月飾《かざ》りのことで頭がいっぱいで、拓実の母親のことは忘《わす》れているようだった。あのころ、拓実が危惧《きぐ》していたのは、正月は毎日この大量の煮《に》しめや黒豆を食べなくちゃいけないのかということだけだった。

祖母と拓実は二人だけの元旦《がんたん》を迎えた。ばたばたと動きまわっていた歳の瀬とは打って変わり、穏《おだ》やかな新年だった。祖母は元日に拓実を連れて近所の神社に初詣《はつもうで》に出かけ

たきり幕《まく》の内は外出もせず、家でぼうっとしていた。年末に力を使い果たしてしまったのだろう、

拓実がびっくりしたのは、「よく働いたごほうびだ」とお年玉をもらったことだった。ケチな祖母にしては大奮発《だいふんぱつ》だった。

冬休みはあっという間《ま》に過《す》ぎた。学校が始まったら、現実《げんじつ》が口を開けて待っていた。

クラスでは席替《せきが》えがあった。

拓実はタナカくんと同じ班《はん》になった。

班が変わったらユイカが拓実を無視《むし》するようになった。ほかのクラスメートも拓実を避《さ》けているようだった。ワッチの差し金だということは拓実も知っている。

ワッチは、ボクとタナカくんがつるんでいる、みたいなことを流していた。ボクのことは見くびっていても、爆発《ばくはつ》したときのタナカくんの、というかデブの怖《こわ》さを体験してしまったワッチは注意深くなっている。じわじわ二人まとめて孤立《こりつ》させる魂胆《こんたん》なんだろう。本人はいい考えだと思っているみたいだけど、ちょっと詰《つ》めが甘《あま》いような気がする。

ひとりぼっちに追いこまなければ、孤立《こりつ》させたことにはならないのだから。

同じ班《はん》になったその日、拓実《たくみ》ははじめてタナカくんとしゃべった。表情筋《ひょうじょうきん》をこわばらせながらタナカくんのほうからたどたどしく話しかけてきたのだ。

「弟が、家で、よく、タクミ、くんの、話を、してる」

タナカくんが弟とそんなことをしゃべっている姿《すがた》がなんだかピンとこなかった拓実は、「兄弟って、家でけっこう話すもんなの」と頭に浮《う》かんだことをそのまま声に出してしまった。

タナカくんは眉《まゆ》を上下させたり目をよせたりしてじっとなにかを考えているふうだった。拓実が、自分はタナカくんをそんなに悩《なや》ませるような難《むずか》しい話題をフッたのだろうかと不安になったころ、やっと、「いや、いままでそんなことはなかった」と返事が返ってきた。

それだけのことを言うのにたっぷり三十秒かけるタナカくんに、拓実はちょっとひいた。

それからタナカくんは、教室を出てトイレに行って手を洗《あら》って戻《もど》ってくるくらいの時間を沈黙《ちんもく》に費やしたあとで、「弟とは……」と言った。「……よっつも歳《とし》が離《はな》れているから」

続きか。

拓実はおもわず、つっこみそうになってしまった。

もっと歳をとってからの『よっつ』はふつーに四年だけれど、子どもにとっての『よっつ』は百年にも匹敵《ひってき》する時間差である。会話が噛《か》み合うことのほうが稀《まれ》だ。しかも自分たち兄弟は性格《せいかく》がおよそかけ離れている。弟は活発でポジティブだが自分は暗い。趣味《しゅみ》も合わない。好きなテレビ番組もちがう。これまで共通の話題なんてほとんどなかった。

というようなことをタナカくんは慎重《しんちょう》に言葉を探《さが》しながら語った。

リモコンの一時停止ボタンを何度も押《お》しながら画面を観ているように時間がかかったが、タナカくんの言うことは筋《すじ》が通っていた。

タナカくんがみんなから「トロい」とか「きもい」とかバカにされているのは、口に錘《おもり》でもぶら下げているようなこのテンポと鈍重《どんじゅう》そうな外見ゆえだ。でも、見かけによらずタナカくんは頭がいいのかもしれない、と拓実《たくみ》は思った。

「弟と共通の話題ができたのは、はじめてなんだ」

再《ふたた》びの沈思黙考《ちんしもっこう》を経《へ》てタナカくんが言った。

「共通の話題って？」

今度の間《ま》も長かったが、視線《しせん》が右に左に落ち着きなく動くのは、言葉を探《さが》しているというより、言おうか言うまいか迷《まよ》っているからのようだった。

「タクミくん」

それがどこにつながるのか、すぐにはわからなかった。「タクミくん」が「共通の話題」にリンクすると知り、拓実は遅《おそ》まきながら面食らった。

祖母《そぼ》は二万円をとり返した。

校長先生は胃《い》の手術《しゅじゅつ》を受けた。

校長先生が入院したのはオイカワのせい、というのがクラスのみんなの意見だった。拓実の耳にも、虚実《きょじつ》とりまぜてオイカワの噂《うわさ》が入ってきた。五年二組の生徒たちは、オイカワの卒業を心待ちにしているようだった。来年、また中学でいっしょになることは、とりあえず考えないことにしているようだった。

あと少しで、オイカワが卒業する。

冬休みあけに、町内の少年野球チームに入らないかと打診《だしん》してきたのはヤマネさんだった。もちろん、拓実にではなく、テルのほうに。根まわしは副会長の得意技《わざ》だ。しかしながら、少年野球には親のフォローが不可欠《ふかけつ》なことくらいテルだって知っている。毎週毎週練習日に差し入れをもっていくとか試合会場までの送り迎《むか》えとか、この年でいまさらそんなめんどうなことができると思うのかと、テルはにべもなかった。

ところがヤマネさんは、「ご事情《じじょう》は理解《りかい》しております。そこは私《わたし》におまかせください。梶原《かじわら》さんにはお手数をおかけしません」と胸《むね》をたたいたのだった。

なんで副会長はそこまでお節介《せっかい》をするのか。テルは訝《いぶか》しんだ。

ヤマネさんにしてみれば、少年野球チームの六年生の卒業がせまったいま、メンバーの補充《ほじゅう》はチームにとって緊急《きんきゅう》の課題であり、そのついでに、稲小祭《いなしょうさい》でテルにつくってしまった借《か》りを返すことができれば一石二鳥、との思惑《おもわく》があるのだろう。

男の子にスポーツは必需品《ひつじゅひん》である。健康面でも精神《せいしん》面でもきたえられる。協調性《せい》が身につく。友だちもできる等々、ヤマネさんはチーム競技《きょうぎ》のメリットを並《なら》べ立てた。

それぞれもっともではある、効用《こうよう》に個人差があることを除《のぞ》けばだが。

テルは、副会長の余計《よけい》なお世話に警戒《けいかい》を解《と》いてはいなかったが、しかし、副会長が並べ立てたメリットのなかで『友だちができる』に心が一ミリほど動いてしまった。

去年の暮《く》れ。二万円の件《けん》で校長室に顔を出していたころ、テルは五年二組の教室をのぞきに行ったことがあった。ちょうど二時間目と三時間目の間の休み時間で、連れだって廊下《ろうか》をうろうろしたりせまい机《つくえ》の間で鬼《おに》ごっこをしたりふざけ合ったり奇声《きせい》を上げたり、生徒たちは騒《さわ》がしく動きまわっていたが、拓実《たくみ》はひとりでぽつねんとしていた。

別に驚《おどろ》きはしなかった。孫は前の学校では不登校だったのだ。性格《せいかく》も誰《だれ》に似《に》たのかすこぶる辛気《しんき》くさい。だから、そのときは、まぁこんなもんだろうというのがテルの感想だった。

人間、ひとりでも生きていける、とテルは思っている。それでも、あの子がここで生きていくのなら、友だちがいるにこしたことはない。

テルは、内心、とまどっていた。

驚いたことに、わたしは、拓実とずっと暮《く》らす気でいるらしい。

とまどいながらも、もう一度だけのせられてみようかと考えていた。

副会長の話にのったらまためんどうに巻《ま》きこまれることになるやもしれない。しかしまぁ、それが世間とつき合うということだ。

テルは、一度少年野球チームの活動を見学してくるように拓実に命じた。

見学当日の朝は、ヤマネさんが坂の上まで車で迎《むか》えに来た。ふだんは稲小の校庭を使用させてもらっているのだが今日は運動公園の野球場で練習試合なのだと祖母《そぼ》に説明するヤマネさんは、「集合場所が遠いときは私《わたし》が送り迎《むか》えしますから」などと、もう拓実《たくみ》がチームに入ると決めつけているような口調だった。

車の後ろのシートには、サックスブルーに細いストライプのユニフォームを着た子どもが二人乗っていた。ユニフォームの胸《むね》のアルファベットのロゴは『ウォーリァーズ』と読めた。二人はヤマネさんの息子たちで三年生と四年生だということだった。無遠慮《ぶえんりょ》に拓実を直視《ちょくし》する息子たちは体型がヤマネさんにそっくりだった。

「今日は今年最後の練習試合なので、運動公園の野球場を借《か》りたのよ」

ヤマネさんは車を発進させながら、さっき祖母に説明していたことを拓実に向かってくり返した。野球場を借りたことを暗にアピールしたいようだった。

運動公園まではバスと徒歩《とほ》だと四十分くらいかかるけれど車なら十分の距離《きょり》だとヤマネさんは言っていたが、休日の朝の道路はけっこう混《こ》んでいて、信号待ちやらなんやらで公園の駐車場《ちゅうしゃじょう》に入るまでには結局二十分ほどかかってしまった。ヤマネさんはその二十分間を、運動公園というのは各種運動施設《しせつ》が併設《へいせつ》されている市営《しえい》の公園で設備《せつび》が整っていること、だから休日の野球場の予約をとるのが大変なこと、練習試合の相手はタイタンズという隣《となり》の町のチームだがあっちにはいいピッチャーがいてなかなか勝てないことなど、一人でしゃべり続けていた。

「ウォーリァーズの監督《かんとく》は、よっぽどじゃない限《かぎ》り五、六年をスタメンに起用するヒトだから、ウチの子たちの出番はどうかなぁ。出られたらいいんだけどねぇ」と言ったときのヤマネさんは、ＰＴＡ副会長としてのパブリックなそれではなく、モロ母親の顔をしていた。

その間、二人の息子は拓実の存在《そんざい》になんの頓着《とんちゃく》することもなく足を蹴《け》り合ったりドつき合ったり、こぐまの兄弟のようにじゃれ合っていた。

その無防備《むぼうび》さがなんだかこれ見よがしで、拓実は胸《むね》がもやもやした。親に愛されることがあたりまえな子どもたち。彼《かれ》らだけに許《ゆる》される傲慢《ごうまん》と紙一重の自然さに気おくれしてしまうのだ。

試合は、タイタンズが大差で勝った。しかし、最終回に代打で出た長男がヒットを打ったことでヤマネさんは大いに気をよくしていた。その余韻《よいん》か、試合終了後《しゅうりょうご》に、「どう、タクミくん？」と近づいてきたヤマネさんの声はオペラ歌手のように堂々として、押《お》しつけがましさもマックスになっていた。

「練習が厳《きび》しいんじゃないかって心配してるのかもしれないけど、大丈夫《だいじょうぶ》、ウチのチームは監督《かんとく》もコーチもみんなやさしいから」

拓実《たくみ》は無力感にとらわれながらも、未経験者《けいけんしゃ》が五年の冬から少年野球デビューしたところで足手まといになるだけだからとムダな抵抗《ていこう》を試みたが、一笑に付《ふ》された。

「もうすぐ六年も抜《ぬ》けるし、ウチのチームはたいして強くないからヘタでもレギュラーになれるわよ」

あけすけな明るい声が乾《かわ》いた冬空に吸《す》いこまれていく。

「でも、ボクは……運動が……得意じゃないので」

「最初から上手な子なんていないのよ」確信《かくしん》に満ちた声が拓実の声を打ち消した。「みんな、練習してうまくなるの」

善意《ぜんい》を押しつけてくる人間は、なぜこうも自信満々なのだろう。

「まぁおばちゃんにまかせなさい」

もう黙《だま》るしかなかった。

帰りも車で送ってくれると言われたが、買いたい本があるので本屋によりたいからバスで帰ると拓実は断《ことわ》った。

買いたい本があるなんてウソだった。ヤマネ親子といっしょにいると気おくれしてしまう自分が嫌《いや》だった。

どこも行き場所を思いつかなかったので、「次は市立図書館」という車内アナウンスに反射的《はんしゃてき》に停車ボタンを押してしまった。

図書館で二時過《す》ぎまで時間をつぶした。朝食のあとなにも口にしていなかったのでさすがに腹《はら》が減《へ》ってきた。祖母《そぼ》にあれこれ問いただされることを思うとしんどかったが、家に帰るしかなかった。

一方通行の道路を向かい側から走ってくる車がときおりすれちがっていく。昼下がりの住宅街の道路に人影《ひとかげ》はまばらだった。拓実《たくみ》は足元の自分の影を追うように下を向いて歩いた。

もうすぐオイカワの家だった。長屋のまわりに次男の仲間の中学生がたむろしているんじゃないかと拓実は一瞬恐怖心《いっしゅんきょうふしん》にかられたが、それらしき姿《すがた》はなかった。

道路は長屋のところで二手に分かれる。まっすぐ行けば、あらい屋の前を通ってバスや車の行きかう県道に出る。角を曲がれば、道は次第に隆起《りゅうき》していく。坂の上には祖母《そぼ》の家。

拓実は鬱々《うつうつ》とした気分で角を曲がった。坂を上がる足が重い。

長屋の屋根に、低い位置にある冬の太陽の光が反射《はんしゃ》していた。崩《くず》れた塀《へい》の間から長屋の裏《うら》の庭が見えた。太陽の光はなにもかもさらけ出そうとするように庭をあまねく照らしていた。あらい屋のお婆《ばあ》さんが言っていた通り、洗濯物《せんたくもの》も干《ほ》してあるんだか捨《す》ててあるんだかわからない、ゴミ捨て場のような庭だった。

雑草《ざっそう》とゴミにまみれた庭の陽《ひ》だまりに、赤ちゃんを抱《だ》いた女の人がいた。女の人に、子どもが三人まとわりついていた。三人のうちの二人には見おぼえがあった。そうめんを食いちらかしていった男の子と女の子だった。女の子のもっていたアメをとり合って子どもたちがケンカを始めた。騒《さわ》ぎ立てる三人をたしなめるでもなく、なだめるでもなく、女の人はとりとめのない表情《ひょうじょう》でそこに立っている。

いちばん小さい子が頭をはたかれて金切り声を上げた。金属音《きんぞくおん》のような不快《ふかい》な声に赤ちゃんがビクッと身体《からだ》を震《ふる》わせた。か細い泣き声に、女の人は上半身をゆらゆらと波のように漂《ただよ》わせ、胸《むね》に抱いた赤ちゃんをゆっくりとゆすり始めた。

女の人は、ただ波のようにゆれている。見開いた瞳《ひとみ》はなにも見ていない。

拓実はまばたきも忘《わす》れて女の人を見つめていた。

あの瞳を知っている。ボクを見ていながら心はちがうところにあるような、がらんどうのような虚《うつ》ろな瞳。

ペタペタとサンダルをひきずる音がした。長屋の中から出てきたのはオイカワだった。

坂の登り口につっ立っている拓実《たくみ》に気がつくといつものへらへらとした笑みを口の端《はし》に浮《う》かべた。拓実はなにか言わなければと焦《あせ》ったが、くちびるがひくひくとひきつっただけで言葉にならない。

オイカワの笑みがゆらいだ。拓実が食い入るように見つめていたものがなにかわかったのだ。口角から笑みが消えていく。なにを見ているのかどこを見ているのかわからない、いつものオイカワの目つきではなかった。焦点《しょうてん》はしっかり拓実に合っていた。

拓実の足が一歩後ずさる。

オイカワの視線《しせん》が拓実につき刺《さ》さった。オイカワの目にあったのはむき出しの敵意《てきい》だった。獣《けもの》のような目が拓実を威嚇《いかく》していた。

拓実は目をそらした。身をひるがえして坂を駆《か》け上がった。きつい傾斜《けいしゃ》を全速力で走った。息が苦しくて心臓《しんぞう》が喉《のど》からとび出しそうだったが、足を止めることができない。

見ちゃいけなかったんだ。あんなふうにあの人を見てはいけなかったんだ。

拓実は自分が聖域《せいいき》を侵《おか》したことを知った。

オイカワくんは、あの人を守ろうとしたんだ。あの人は、オイカワくんにとってかけがえのない人なんだ。

膝《ひざ》が小刻《こきざ》みに震《ふる》えて足がもつれそうだった。坂の上に瓦《かわら》屋根ののった門が見えたとき、やっと足の回転が止まった。

息をあえがせながら、門を見上げた。屋根の瓦がゆがんでいた。視界がゆらゆらゆれていた。拓実の眼球《がんきゅう》を包《つつ》み始めた温かいものが目の縁《ふち》からあふれ出していく。

おかあさんはなんの連絡《れんらく》もよこさない。きっともうボクを迎《むか》えに来る気はないんだ。

ボクはおかあさんに捨《す》てられたんだ。

冬の冷気にかすかな暖《あたた》かさがまぎれこみ、みぞれが降《ふ》り、雨が大地を湿《しめ》らせ、いったりきたりしながらも時は春へと流れていった。

ヘルメットやグラブやスパイクでただでさえ重いショルダーバッグが、今日はいちだんと肩《かた》に食いこんでくる。

ウォーリァーズの練習が終わっての帰り際《ぎわ》、「お彼岸《ひがん》だからつくってみたの。おばあさまといっしょに食べてね」とヤマネさんからタッパを渡《わた》されたからだ。ヤマネさんは『おすそ分け』が趣味《しゅみ》らしい。なにかつくるたびにこうして拓実《たくみ》にもたすのだが、タッパに入ったおはぎはかさばるうえに重かった。

でも、おばあさんはよろこびそう。ああ見えて、小豆系《あずきけい》の和菓子《わがし》には目がないヒトだから。

いそいそとお茶の支度《したく》を始める祖母《そぼ》の姿《すがた》を思い浮《う》かべながら家にたどり着いた拓実は、ふくらんだショルダーバッグの重みで身体《からだ》をかしがせたまま門の前で立ち止まった。ポストのフタが開いていた。休日に郵便《ゆうびん》の配達はないはずだ。不審《ふしん》に思いながらポストの中に手を入れると、指に固いものが触《ふ》れた。

ゲームソフトだった。

パッケージのイラストは剣《けん》をふりかざす勇者《ゆうしゃ》。オイカワに貸《か》したソフトだった。

オイカワ　くん？

首を周囲にめぐらしてみたが、人影《ひとかげ》も気配もない。

ショルダーバッグが肩から滑《すべ》り落ちた。

はじめてオイカワが坂の上の家に現《あらわ》れた夏の日。腕《うで》が触れ合うくらい近くで嗅《か》いだ麦わらと汗《あせ》の混《ま》じった匂《にお》い。コントローラーをあやつる細い指。なにを見ているんだかわからない瞳《ひとみ》。中学生たちに「こいつ、オレの知り合い」と言い放ったときのふてぶてしい声。広げた手のひらの中の食券《しょっけん》。

記憶《きおく》の中のオイカワがあふれ出てくる。

あの日、むき出しの敵意《てきい》に貫《つらぬ》かれてから、拓実はオイカワを避《さ》けていた。あれから長屋の前は一度も通らなかった。学校でオイカワの姿《すがた》を見かけたときは、気づかれる前に逃《に》げた。

だから、卒業式で見たのが、オイカワを見かけた最後だった。

拓実《たくみ》は猛然《もうぜん》と坂を駆《か》け下りた。

オイカワ一家が住んでいた長屋は、しんとしていた。玄関《げんかん》の引き戸にはカギがかかっていた。窓《まど》も開かない。どこもかしこも閉まっている。

オイカワくん。オイカワくん。

戸をたたいて呼《よ》んでみたが家は静まり返っている。拓実を拒絶《きょぜつ》するようになんの音も返ってこない。裏庭《うらにわ》に回ると、突然《とつぜん》の災厄《さいやく》に見舞《みま》われたかのように、壊《こわ》れた家具や割《わ》れた食器や衣類が打ち捨《す》てられていた。

オイカワくんがいない。

ぽかぽかとした陽気にうつらうつらしていたあらい屋のお婆《ばあ》さんは、突然飛びこんできた子どもにうたた寝《ね》をやぶられた。

しょぼしょぼとまぶたを動かすと、子どもはとほうに暮《く》れた顔つきで、なにか訴《うった》えていた。

野球のユニフォーム姿のその子どもの顔には見おぼえがあったが、どこの誰《だれ》だかまでは思い出せない。

オイカワくんがいないんです。オイカワくんちはどうなっちゃったんですか。

子どもの思いつめたような瞳《ひとみ》に、まだまどろみの中でたゆたっていたお婆さんの脳《のう》が目覚めていく。

お婆さんは巾着袋《きんちゃくぶくろ》のくくりめをほどくように口を開けた。眠《ねむ》りから覚めたばかりでいまひとつ声帯がうまく作動しない。それでも、喉《のど》にからまるようなしゃがれ声で、大家が長屋のとり壊しを通達してオイカワ一家は引っ越《こ》したことを教えてやった。

少年の顔からすーっと表情《ひょうじょう》が抜《ぬ》けていった。

「これで、やっと安心して商売ができるってもんだよ」

なめらかに声が出てくるようになったお婆《ばあ》さんはまだまだしゃべり続けていたけれど、少年はくるりと背《せ》を向け、店を出ていった。

母屋《おもや》の裏《うら》の竹林は静かで、耳が痛《いた》いくらいに音がない。

母が話していたように、竹は若い葉で青々としているのに、足元は一面、白っぽい。ひきこまれるように白茶色《しらちゃいろ》の地面に足を踏《ふ》み入れると、降《ふ》り積もった葉はやわらかくて雲を踏んでいるみたいに心もとない。

一陣《いちじん》の風が吹《ふ》いて竹林がゆれた。頭の上で竹がざわめく。さらさらと細長い葉が降《ふ》ってきた。

さらさらさらさらさらさらさらさらさら
白茶色の葉が舞《ま》い降《お》りてくる空を、拓実《たくみ》は見上げた。

空は若竹の青だった。青を透《す》かして本当の空の色が見えた。昼間の晴れた空だった。竹の青よりも明るい天の青を、拓実はいつまでも見上げていた。

おひさまへんにブルー
著者
花形みつる

2015年 5 月 1 日初版 1 刷発行
2016年 5 月30日初版 2 刷発行

装画・イラスト／唐仁原多里
装丁／高橋雅之（タカハシデザイン室）

発行所
株式会社 国土社
〒102-0094 東京都千代田区紀尾井町3-6
電話 03-6272-6125 FAX 03-6272-6126
http://www.kokudosha.co.jp
印刷 モリモト印刷株式会社
製本 株式会社難波製本

ISBN978-4-337-18757-3 C8391